THE PROPHET

BY
KAHLIL GIBRAN

NEW YORK · ALFRED A. KNOPF · MCMXXV

THE PROPHET

KAHLIL GIBRAN

GIBRAN'S MASTERPIECE

Illustrated with twelve full-page drawings by the author

Alfred·A·Knopf·Publisher·New·York

예언자
The Prophet

칼릴 지브란 글·그림 | 유정란 옮김

더스토리

차례

6	배가 오다
15	사랑에 대하여
20	결혼에 대하여
23	아이들에 대하여
26	주는 것에 대하여
31	먹고 마심에 대하여
33	일에 대하여
37	기쁨과 슬픔에 대하여
40	집에 대하여
44	옷에 대하여
46	사고파는 일에 대하여
49	죄와 벌에 대하여
55	법에 대하여
58	자유에 대하여
62	이성과 열정에 대하여

65　고통에 대하여

68　자아를 아는 것에 대하여

70　가르치는 것에 대하여

72　우정에 대하여

75　말하는 것에 대하여

77　시간에 대하여

79　선과 악에 대하여

83　기도에 대하여

87　즐거움에 대하여

92　아름다움에 대하여

96　종교에 대하여

99　죽음에 대하여

103　작별

| 작품 해설 | 120
| The prophet | 128
| 칼릴 지브란 연보 | 198

배가 오다

알무스타파, 신의 선택을 입은 자이자 신의 사랑을 받은 자. 시대의 새벽을 알리던 그는 열두 해 동안 오팔리즈에 머물며, 자신을 고향 섬으로 데려다 줄 배를 기다리고 있었다.

어느덧 열두 해가 지나고 수확의 달 이엘룰의 초이렛날이 다가오자, 그는 도시 밖에 있는 언덕으로 올라가 바다를 바라보았다.

기다리던 배가 안개를 헤치며 다가오는 모습이 보였다. 그러자 마음의 문이 활짝 열리고 기쁨은 바다 위로 멀리 날아올랐다. 그는 눈을 감고 영혼의 침묵 속에서 기도를 올렸다.

그러나 언덕을 내려오자 문득 슬픔이 밀려왔고, 그는 마음속으로 생각했다.

내 어찌 슬픔 없이 편안하게 떠날 수 있단 말인가.

아니다, 영혼에 상처를 입은 채 나는 이 도시를 떠나야 하리라.

도시 안에서 긴긴날 고통에 몸부림쳤으며 긴긴밤 고독에 사무쳤으니, 그 누가 이 고통과 고독의 세월을 후회 없이 흘려보낼 수 있겠는가.

거리거리마다 영혼의 조각들을 흩뿌렸고, 언덕 곳곳을 맨발로 돌아다니며 내 자식 같은 간절한 바람을 무수히 퍼트려 놓았다. 그런데 내 어찌 마음의 짐과 고통 없이 이들을 떠나겠는가.

오늘 이날은 훌훌 벗어 버릴 수 있는 옷이 아니라, 내 손으로 벗겨 내야 할 살갗이다.

쉬이 남기고 갈 찰나의 생각이 아니라, 허기와 갈증에 젖어 있는 심장과 같아라.

그래도 더는 지체할 수 없다.

만물을 품 안으로 불러들이는 바다가 나를 부르니 이제는 배에 오를 수밖에.

시간이 밤새도록 불타오른다 하여도, 머문다는 것은 단단히 얼어 굳어 버리는 것이자, 틀에 갇히는 것이라.

이곳에 남긴 것을 모두 가져가고픈 마음이 간절하나, 내 어찌 그럴 수 있겠는가.

목소리와 함께, 그 소리에 날개를 달아 주는 혀와 입술까지 데려갈 수는 없는 법.

그저 홀로 하늘로 솟구쳐야 하리라.

독수리가 태양 저편으로 가기 위해서는 둥지를 버리고 홀로 날아올라야 하듯이.

언덕 기슭에 이르렀을 때 그는 다시 한번 바다 쪽으로 고개를 돌렸다. 배가 항구로 들어오는 모습이 보였다. 뱃머리에는 고향에서 온 선원들이 서 있었다.

그러자 그의 영혼은 선원들을 향해 외쳤다.

태곳적 내 어머니의 아들들이자, 물결을 타고 온 사람들이여.

그대들이 내 꿈속에 몇 번이나 찾아왔던가.

이제 나는 갈 준비가 되었으니 기꺼이 활짝 돛을 펼치고 바람을 기다리네.

이 고요한 공기 속에서 한 번 더 숨을 쉬고, 등 뒤로 한 번 더 사랑스런 눈길을 보내네. 그리고 이제는 그대들, 뱃사람들 속에 섞여 들려 하네.

그리고 그대, 잠들지 않는 어머니여. 강물과 시냇물의 유일한 안식처이자 자유인, 광대한 바다여. 이 시냇물이 한 번 더 굽이

치고 숲속에서 한 번 더 속삭이면 나는 그대에게 가리라. 한없는 바다에 한없는 물방울로.

그가 걸어가자 저 멀리 들판과 포도밭에서 일하던 남녀들이 일손을 멈추고 성문으로 서둘러 가는 모습이 보였다.
그의 이름을 부르며 배가 당도했다는 소식을 이 들판에서 저 들판으로 알리는 소리도 들려왔다.

그때 그는 혼자 중얼거렸다.
이별의 날이 만남의 날이 되어야 하는가.
내 마지막 날의 저녁은 정녕 새날의 새벽이라고 말할 수 있을 것인가.
밭고랑에 쟁기를 내던지고 온 이에게, 포도 짜는 바퀴를 멈추고 온 이에게 나는 무엇을 줄 것인가.
내 가슴이 주렁주렁 열매가 달린 나무가 되어 그 열매를 나누어 줄 수 있을까.
내 소망이 샘처럼 흘러넘쳐 이들의 잔을 채워 줄 수 있을까.
과연 내가 전능하신 분의 손길이 어루만지는 하프이자, 그분의 숨결이 스치는 피리가 될 수 있을까.
침묵을 탐구하는 자로서, 침묵 속에서 어떤 보물을 찾아내어

자신 있게 내놓을 수 있겠는가.

　오늘이 수확의 날이라면 나는 어느 잊어버린 계절, 어느 들판에 씨앗을 뿌렸단 말인가.

　진정 지금이 나의 등불을 높이 들 시간이라면, 그 속에 불타는 것은 나의 불꽃이 아니다.

　내가 든 등불은 공허하고 어두우니, 밤의 수호자가 그 안에 기름을 채우고 불을 켜야 하네.

　그는 이 말들을 입 밖으로 내뱉었다.

　그러나 아직 가슴속에는 말하지 못한 것이 더욱 많았다.

　아주 깊은 곳에 숨겨 놓은 비밀은 제 스스로 말할 수 없었기 때문이다.

　그가 도시 안으로 들어가자, 모든 이가 그를 만나러 와서 한목소리로 외쳤다.

　도시의 원로들도 앞으로 나와 말했다.

　아직 우리를 떠나지 마십시오.

　그대는 우리의 황혼 속에서 한낮의 빛이었으며, 그대의 젊음은 우리를 꿈꾸게 했습니다.

　그대는 우리에게 낯선 이도 아니며 어색한 손님도 아니라,

우리의 아들이며 우리가 깊이 사랑하는 분입니다.

그러니 아직은 우리 두 눈이 그대의 얼굴을 그리다 멀게 하지 마시기를.

그러자 남녀 사제들도 그에게 간청했다.

지금 바다의 물결이 우리를 갈라놓지 않았으면 합니다. 그대가 우리와 함께 한 세월이 옛 기억이 되지 않았으면 합니다.

그대는 우리에게 영혼의 존재로 다가왔고, 그대의 그림자는 우리 얼굴에 비치는 빛이었습니다.

우리는 그대를 몹시 사랑했습니다.

그러나 우리의 사랑은 말로 표현하지 못한 사랑이자, 장막에 가려진 사랑인 것을.

이제 그 사랑이 그대를 부르짖고, 그대 앞에 모습을 드러내려 합니다.

무릇 사랑이란 이별의 순간이 올 때까지 그 깊이를 알지 못하는 것입니다.

다른 사람들도 나와 애원했다.

하지만 그는 답하지 않았다.

그저 고개를 숙이고 있을 뿐이었다. 그러나 곁에 있던 이들은 그의 가슴에 눈물이 떨어지는 모습을 보았다.

그리고 그는 사람들과 함께 사원 앞에 있는 드넓은 광장으로 나아갔다.

그때 알미트라라는 이름의 여인이 성스러운 사원에서 걸어 나왔다.

그녀는 선지자였다.

그가 도시에 당도한 첫날에 그를 가장 먼저 찾고 믿어 준 이였기에, 그는 더없이 다정한 눈길로 그녀를 바라보았다.

그녀는 그를 부르며 말했다.

신의 예언자시여, 그대는 기나긴 나날 동안 배를 찾아 먼 거리를 헤매었습니다.

이제 배가 왔으니 그대는 떠나야겠지요.

기억 속에 있는 나라와 간절한 소망이 살아 있는 고향 집을 그대는 사무치게 그리워했습니다. 그러니 우리의 사랑으로는 그대를 잡지 못하며, 우리의 소망으로도 그대를 붙들지 못할 것입니다.

허나 이것만은 그대가 떠나시기 전에 청합니다. 그대의 진리를 우리에게 전해 주십시오. 우리는 그 진리를 아이들에게 전하고 그 아이들은 다음 세대 아이들에게 전할 것이니, 그대의 말씀은 사라지지 않을 것입니다.

그대는 홀로 우리가 보낸 나날을 지켜보았습니다. 그대의 눈은 우리가 잠 속에서 지은 눈물을 보았고, 그대의 귀는 우리의 희미한 웃음을 들었습니다.

그러니 이제 우리의 본모습을 찾아 드러내 주십시오. 삶과 죽음 사이에서 그대가 보았던 모든 것을 알려 주십시오.

이에 그가 대답했다.

오팔리즈^{Orphalese} 시민들이여, 내가 무슨 말을 전할 수 있겠습니까. 그저 지금 그대들의 영혼 속에 살아 움직이는 것을 말할 수 있을 뿐.

사랑에 대하여

그러자 알미트라가 말했다.

"사랑에 대하여 말씀해 주십시오."

그가 고개를 들어 시민들을 바라보자 정적이 흘렀다.

잠시 후 그가 힘찬 목소리로 말했다.

그 길이 험난하고 가파르다 하여도 사랑이 그대들에게 손짓하거든 그를 따르십시오.

날개깃 속에 숨겨진 칼이 그대들을 찌른다 하여도 사랑의 날개가 그대들을 감싸거든 몸을 내맡기십시오.

거센 북풍이 정원을 휩쓸어 버린다 하여도, 그 목소리가 그대들의 꿈을 산산조각낸다 하여도 사랑이 그대들에게 말을 걸거든 그를 믿으십시오.

사랑은 그대들에게 왕관을 씌우기도 하지만 그대들에게 십자가를 지우기도 합니다.

사랑은 그대들을 성장시키기도 하지만 그대들을 잘라 내기도 합니다.

사랑은 그대들의 머리 위로 올라가 태양 아래 흔들리는 여린 가지를 어루만져 주기도 하지만 그대들의 뿌리로 내려가 땅속에 붙박은 뿌리들을 흔들어 놓기도 합니다.

사랑은 곡식 단처럼 그대들을 거두어들일 것이요,
사랑은 그대들을 타작하여 알몸으로 만들 것이요,
사랑은 그대들을 체로 걸러 갑갑한 껍질을 털어 낼 것이요,
사랑은 그대들을 빻아 하얀 가루로 만들 것이요,
사랑은 그대들을 부드러워질 때까지 치댈 것입니다.
그러고는 그대들을 신성한 불 속에 집어넣어, 신의 거룩한 만찬에 성스러운 빵으로 내놓을 것입니다.

사랑은 이 모든 일을 행하여 그대들 속에 있는 비밀을 일깨울 것이며, 그 깨달음은 그대들의 삶에서 한 조각의 심장이 될 것입니다.

허나 그대들이 두려움 때문에 사랑의 평화와 기쁨만을 좇는다면, 차라리 알몸을 가리고 요동치는 사랑의 마당을 지나가는 편이 나을 것입니다. 그리고 계절 없는 세상으로 가서 웃어도 온몸으로 웃지 못하며, 울어도 온 마음으로 울지 못할 것입니다.

사랑은 저 자신 외에는 아무것도 주지 않으며, 사랑은 저 자신 외에는 아무것도 취하지 않습니다. 사랑은 소유하지 않으며 소유되지도 않습니다.
사랑은 다만 사랑으로 충분하기 때문입니다.

그대들이 사랑에 빠진다면 "신이 내 마음속에 계신다" 하지 말고, "내가 신의 마음속에 있다"라고 말하십시오.
또 그대들 스스로가 사랑이 향할 길을 인도할 수 있다고 생각하지 마십시오. 사랑이 그대들을 가치 있게 여긴다면 저절로 그대들의 길을 인도해 줄 것입니다.

사랑은 그 어떤 소망도 없이 자신을 채우려 할 뿐.
다만 그대들이 사랑에 빠져 소망을 품을 수밖에 없다면 다음의 것들을 소망하십시오.
녹아서 밤새도록 노래하며 흐르는 시냇물이 되기를.

넘치는 다정함으로 말미암은 고통을 알게 되기를.

스스로 알게 된 사랑으로 상처받고, 즐거운 마음으로 기꺼이 피 흘리기를.

날개 달린 마음으로 새벽에 일어나, 사랑할 날이 하루 더 있다는 것에 감사하기를.

한낮에 휴식을 취하며 사랑의 황홀함을 되새기기를.

저녁에는 감사하는 마음으로 집에 돌아오기를.

그리고 마음속으로 사랑하는 이를 위해 기도하고 그대들의 입술로 찬미의 노래를 부르며 잠들기를.

결혼에 대하여

알미트라가 다시 물었다.
"그러면 스승이시여, 결혼이란 무엇입니까."
그가 대답했다.
그대들 부부는 함께 태어나 평생을 함께 보낼 것입니다.
새하얀 죽음의 날개가 그대들의 세월을 흩어지게 할 때까지 함께할 것입니다.
아아, 그대들은 신의 고요한 기억 속에서도 함께하지만, 함께하는 순간에도 서로 거리를 둘 것입니다.
하늘의 바람이 그대 둘 사이에서 춤추게 하십시오.

서로가 서로를 사랑하십시오.

허나 사랑의 서약은 맺지 말기를.

바다가 그대들 영혼의 해안 사이에서 물결치게 하십시오.

서로의 잔을 채우되 한 잔으로 같이 마시지는 마십시오.

서로에게 자신의 빵을 주되 한 덩어리를 같이 먹시는 마십시오.

함께 노래하고 춤추며 기뻐하되 서로에게 혼자만의 시간을 주십시오. 마치 기타의 줄들이 하나의 음악에 함께 떨릴지라도, 서로서로 떨어져 있는 것처럼.

서로 마음을 주되 서로의 마음을 가지려 하지 마십시오.

생명의 손길만이 그대들의 마음을 소유할 수 있습니다.

함께 서 있되 너무 가까이 서 있지는 마십시오.

사원의 기둥이 서로 떨어져 있듯이, 참나무와 사이프러스 나무도 서로의 그늘 아래서는 자라지 못하는 법입니다.

아이들에 대하여

이번에는 아이를 품에 안은 여인이 말했다.
"아이들에 대하여 말씀해 주십시오."
그가 대답했다.
그대들의 아이들은 그대들의 것이 아닙니다.
아이들은 스스로 삶을 갈구하는 생명의 아들이자 생명의 딸입니다.
아이들은 그대들을 거쳐서 왔으나 그대들에게서 나온 것은 아니며, 비록 그대들과 함께 지낸다 하여도 그대들의 소유물은 아닙니다.

아이들에게 그대들의 사랑을 주되 그대들의 생각까지 주지는 마십시오. 아이들 스스로도 생각할 줄 알기 때문입니다.

아이들의 몸이 머물 집을 주되 영혼이 머물 집은 주지 마십시오. 아이들의 영혼은 그대들이 꿈에서라도 감히 찾을 수 없는 내일의 집에 살기 때문입니다.

아이들과 닮아 가려 애쓰되 아이들에게 그대들을 닮으라고 강요하지 마십시오.

삶이란 뒤로 돌아가는 것도, 어제와 함께 머무르는 것도 아니기 때문입니다.

그대들은 활이며, 그 활에서 아이들은 살아 있는 화살처럼 앞으로 나아갑니다.

궁수이신 그분은 무한히 펼쳐진 길에서 과녁을 겨누십니다. 그리고 전능하신 힘으로 그대들을 당겨 화살이 저 멀리 빠르게 날아가도록 하십니다.

그러니 그분의 손에 당겨지는 것을 기뻐하십시오.

그분이 날아가는 화살을 사랑하듯 튼튼한 활도 사랑하실 것입니다.

주는 것에 대하여

이번에는 부유한 자가 말했다.

"주는 것에 대하여 말씀해 주십시오."

그가 대답했다.

그대들이 가진 물건을 나누어 준다면 그것은 주는 것이 아닙니다.

진실로 그대들 자신을 내줄 때 진정으로 주는 것입니다.

그대들이 가진 물건이란, 내일 필요할까 걱정하는 마음에 그저 붙들어 지키고 있는 것이 아닙니까.

또 내일이란 무엇입니까. 지나치게 조심성 많은 개가 성지로 가는 순례자를 쫓아가다 발자국 없는 모래 속에 뼈다귀를 묻어 버린다면, 그 개에게 내일이 무슨 의미가 있겠습니까.

욕망이 채워지지 않을까 두려워함이란 무엇입니까. 욕망 그 자체가 두려움이 아닙니까.

그대들의 우물이 가득 찼음에도 목마름을 겁낸다면, 그 목마름은 결코 풀 수 없는 것이 아닙니까.

많이 가지고 있어도 조금만 주는 자들이 있습니다. 이들은 인정받고 싶은 마음에 나누어 줍니다. 그 숨은 욕심 때문에 준 선물마저 불결하게 만들어 버리는 것입니다.

반면에 가진 것은 적으나 전부를 내주는 자들이 있습니다.

이들은 삶을 긍정하고 삶의 풍요로움을 믿습니다. 그러니 이들의 샘은 절대 마르지 않을 것입니다.

기쁜 마음으로 주는 자들도 있습니다. 이들은 주는 기쁨을 상으로 압니다.

배 아파하며 주는 자들도 있습니다. 이들은 주는 아픔을 고달픈 세례로 여깁니다.

베풀며 배 아파하지도 않고, 주는 기쁨을 찾지도 않으며, 덕을 행하는 것에 관심을 두지 않는 자들이 있습니다. 이들은 저기 골짜기에서 향기를 내뿜는 상록수와 같습니다.

바로 이런 이들의 손을 통해 신께서 이 땅에 말씀하시고, 이런 이들의 눈을 통해 신께서 이 땅을 향해 미소 지으십니다.

남이 부탁할 때 주는 것은 좋은 일입니다. 허나 남이 부탁하지 않는데도 속마음을 읽어 주는 것은 더욱 좋은 일입니다.

아낌없이 주는 사람은 베푸는 일보다 도움받을 사람을 찾는 일에서 더 큰 기쁨을 발견하는 법입니다.

그대들이 끝까지 움켜쥘 수 있는 것이 과연 있습니까.

그대들이 가진 것은 언젠가 모두 내주어야 합니다.

그러니 지금 주십시오. 그대들 뒤를 이을 아이들에게 주지 말고, 사계절 내내 아낌없이 주십시오.

혼히 그대들은 "주더라도 가치 있는 이에게만 줄 것이오"라고 말합니다.

허나 과수원의 나무들도, 목장의 양 떼들도 그러지 아니합니다.

이들은 붙들고 있는 것이 곧 죽음으로 가는 길임을 알기에 살아 있을 때 베풉니다.

낮과 밤을 누릴 자격이 있는 자라면, 진정 그대들의 전부를 누릴 자격도 있습니다.

생명의 바닷물을 마실 만한 자라면, 그대들의 작은 시냇물로도 잔을 채울 수 있습니다.

그 어떤 상이 받아 주는 마음에 깃든 용기와 믿음보다, 그속에 어려 있는 사랑보다 더 달콤하단 말입니까.

정녕 그대들이 누구기에 남의 가슴을 쥐어뜯고 남의 자존심을 벌거벗기려 합니까. 그렇게 너덜너덜해진 가치를 뻔뻔하게 자랑할 수 있는지 보려고 그러는 것입니까.

먼저 그대들 자신이 줄 자격이 있는지, 줄 만한 그릇이 되는지 돌아보십시오. 진실로 생명에게 줄 수 있는 존재는 생명 그 자체일 뿐.

그대들 스스로를 주는 자로 여길지라도 그대들은 한낱 목격자에 지나지 않습니다.

받는 사람인 그대여. 그대들은 하나같이 받는 사람들입니다. 그러니 감사의 무게를 가늠하여 스스로에게, 또 주는 자에게 멍에를 짊어지게 하지 마십시오.

받은 선물을 날개 삼아 주는 자와 함께 날아오르십시오.

그대들이 진 빚에 마음을 쓰는 것은, 넉넉한 땅을 어머니로 두고 하늘의 신을 아버지로 둔 사람의 너그러운 마음을 의심하는 것입니다.

먹고 마심에 대하여

이빈에는 여관을 꾸리는 노인이 말했다.

"먹고 마심에 대하여 말씀해 주십시오."

그는 대답했다.

그대들은 흙의 향기로만 살아갈 수 있습니까. 식물처럼 빛으로만 숨을 이어 갈 수 있습니까.

결국 그대들은 먹기 위해 무언가를 죽여야 하고, 목마름을 달래기 위해 갓난아이의 어미젖을 빼앗아야 합니다. 그렇다면 그 행위가 예배 의식이 되게 하십시오.

그대들의 식탁을 제단으로 차리고, 숲과 들에서 나오는 맑고 순결한 것들로 채우십시오. 그리고 그대들 안에 자리한 더없이 맑고 순결한 존재를 위해 그것들을 제물로 바치십시오.

짐승을 죽일 때, 마음속으로 이렇게 말을 거십시오.

"그대를 죽인 힘이 나 또한 죽일 것이며, 내 생명을 먹어 치울 것이다. 그대를 내 손안으로 이끈 자연의 섭리가 나 또한 전능하신 분의 손으로 이끌 것이니, 그대 피와 내 피는 그저 천국의 나무를 키우는 영양분에 불과한 것을."

사과를 베어 물 때면 마음속으로 이렇게 말해 주십시오.

"그대의 씨앗은 내 몸 안에 살아 있을 것이며, 그대의 새싹은 내일 내 가슴속에서 꽃을 피울 것이다. 그대의 향기는 나의 숨결이 되어, 사계절을 함께 기쁨으로 맞이하리라."

가을이 되어 포도밭에서 열매를 거두어 즙을 낼 때면 속으로 이렇게 속삭이십시오.

"나는 포도밭과 같아서, 거두어들인 내 열매도 포도즙이 될 것이다. 그리하여 나 또한 새 포도주처럼 영원의 잔에 담길 것이니."

겨울이 되어 포도주를 따를 때면, 한 잔 한 잔이 마음속 노래가 되게 하십시오.

그 노래로 가을날을 추억하고, 포도밭과 포도즙을 내던 기억을 되새기십시오.

일에 대하여

이번에는 농사꾼이 말했다.
"일에 대하여 말씀해 주십시오."
그가 이런 말로 답했다.
그대들은 일을 통해서 땅과 땅의 영혼에 발걸음을 맞출 수 있습니다. 게으름을 피우는 행동은 계절에서 멀어지는 것입니다. 또한 장엄하고도 순순한 복종으로 무한을 향해 나아가는 삶의 행렬에서 벗어나는 것입니다.

그대들은 일할 때 시간의 속삭임을 음악으로 울려 퍼지게 하는 피리가 될 것입니다.
그대들 모두가 한목소리로 조화를 이루어 노래를 부르는데,

누군가 혼자인 채 벙어리 갈대가 되려 하겠습니까.

 그대들은 일이란 저주이며 노동은 불운이라는 말을 언제나 듣습니다.
 허나 그대들에게 말하노니, 그대들은 일함으로써 이 땅의 머나먼 꿈의 한 조각을 이룰 것입니다. 그 꿈은 태초에 태어날 때부터 그대들에게 주어진 몫이었으니, 그대들이 쉬지 않고 일할 때 진정 삶을 사랑하는 것입니다. 더 나아가 일을 통해 삶을 사랑하는 길은 삶의 깊숙한 비밀에 다가가는 것입니다.

 만약 그대들이 괴로운 나머지 태어남을 고난이라 부르고 몸으로 살아가는 일이 이마에 적힌 저주라 부른다면, 나는 이렇게 대답하겠습니다. 이마에 흐르는 땀방울만이 그곳에 적힌 저주를 씻어 버릴 수 있다고.

 그대들은 삶이 어둠이라고 들었으니, 그대들이 지쳐 있을 때 지친 자가 했던 말을 그대로 되풀이할 수밖에 없습니다.
 허나 그대들에게 말하노니, 열망이 없는 한 삶은 진정 어둠에 불과하며 지식이 없는 한 모든 욕망은 맹목적인 것입니다.
 모든 지식은 노동이 없는 한 헛된 것이며, 모든 노동은 사랑이 없는 한 공허한 것입니다.

   사랑으로 일할 때 그대들은 스스로를 감싸 안고, 서로가 서로를 감싸 안으며, 신까지 감싸 안을 것입니다.

   그렇다면 사랑으로 일한다는 것은 무슨 뜻입니까.

   사랑하는 이에게 입힌다는 마음으로, 그대의 가슴속에서 실을 뽑아 옷을 짜는 것입니다.

   사랑하는 이에게 살 집을 마련해 준다는 마음으로, 따뜻한 손길로 집을 짓는 것입니다. 사랑하는 이에게 열매를 먹인다는 마음으로, 정성 들여 씨를 뿌리고 그 결실을 기쁜 마음으로 거두어들이는 것입니다.

   또 이는 그대들이 만든 사물 하나하나에 영혼의 숨결을 불어넣는 것이자, 축복받으며 죽은 자들이 그대들 주위에 서서 지켜보고 있음을 깨닫는 것입니다.

   나는 때때로 그대들이 잠꼬대하듯 말하는 것을 듣습니다.

   "대리석을 쪼아 돌 속에서 자기 영혼의 모습을 찾아내는 조각가는 땅을 일구는 농부보다 더 고귀하다.

   또한 무지개를 붙들어 인간과 닮은 모습으로 화폭에 담아내는 화가는 우리 발에 맞는 신발을 만드는 장인보다 더 위대하다."

허나 나는 잠에 취하지 않은 채 한낮에 활짝 깬 정신으로 말하겠습니다. 바람은 키 큰 참나무에게 다정하게 속삭이는 것만큼이나 자그마한 풀잎 하나하나도 똑같은 다정함으로 대합니다.

그리고 그런 바람의 속삭임에 사랑을 담아 다정한 노래로 바꾸는 사람이야말로 진정 위대한 사람입니다.

일이란 우리 눈앞에 모습을 드러낸 사랑입니다.

만일 그대들이 사랑으로 일하지 못하고 미움이 가득한 마음으로 일한다면, 차라리 일손을 놓고 사원의 문 앞에 앉아 기쁘게 일하는 사람의 자선을 구하는 편이 나을 것입니다.

그대들이 무관심한 태도로 빵을 굽는다면, 먹는 이의 허기를 반밖에 채우지 못하는 쓰디쓴 빵을 만들 것입니다.

그대들이 원한을 품고 포도를 으깬다면, 그대들의 원한은 독이 되어 포도주 속으로 스며들 것입니다.

그대들이 천사처럼 노래한다 하여도 사랑하는 마음으로 노래하지 않는다면, 그 노래는 듣는 이의 귀를 멀게 하여 낮의 소리와 밤의 소리를 듣지 못하게 할 것입니다.

기쁨과 슬픔에 대하여

이번에는 여인이 말했다.

"우리에게 기쁨과 슬픔에 대하여 말씀해 주십시오."

그가 대답했다.

그대들의 기쁨은 가면을 벗은 슬픔입니다.

그대들의 웃음이 피어오르는 우물은 때로 그대들의 슬픔으로 가득 차 있습니다.

어찌 그렇지 않을 수 있겠습니까.

슬픔이 그대들 안에 깊이 새겨 진다면, 그대들은 그보다 더 큰 기쁨을 맛볼 것입니다.

그대들의 포도주가 담긴 잔은 도공의 가마 속에서 뜨겁게 타올랐던 바로 그 잔이 아닙니까.

그대들의 영혼을 부드럽게 달래는 기타는 칼로 속을 파냈던 바로 그 나무가 아닙니까.

그대들이 기쁠 때 마음속 깊은 곳을 들여다보십시오. 그대들에게 슬픔을 주었던 그것이 지금은 기쁨을 주고 있음을 깨달을 것입니다.

그대들이 슬플 때도 마음속을 들여다보십시오. 진정 그대들은 한때 기쁨이었던 그것으로 지금 눈물을 흘리고 있음을 깨달을 것입니다.

그대들 가운데 어떤 이는 "기쁨은 슬픔보다 더 위대하다"라고 말합니다.

또 어떤 이는 "아니, 슬픔이 기쁨보다 더 위대한 존재다"라고 말합니다.

그러나 그대들에게 말하노니, 그 둘은 서로 나눌 수 없습니다.

둘은 함께 찾아오니, 하나가 그대들과 함께 식탁에 앉아 있을 때 또 다른 하나는 그대들의 침대에 잠들어 있음을 기억하십시오.

진실로 그대들은 슬픔과 기쁨 사이에 저울처럼 매달려 있으니.

오직 그대들은 비어 있을 때 가만히 균형을 잡을 수 있습니다.

그러니 보물을 지키는 자가 금과 은의 무게를 달기 위해 그대들을 들어 올릴 때, 그대들의 기쁨과 슬픔 또한 오르내릴 수밖에 없습니다.

집에 대하여

 이번에는 석공이 앞으로 나와 말했다.
 "집에 대하여 말씀해 주십시오."
 그가 이런 말로 답했다.
 그대들이 도시 안에 집을 짓기 전에, 먼저 거친 들판에 자신이 상상한 것들로 나무집을 지으십시오.
 그대들이 땅거미 질 무렵 집으로 돌아오듯, 그대들 안의 방랑자도, 먼 곳에서 홀로 떠도는 나그네도 되돌아올 수 있도록.
 그대들의 집은 그대들보다 더 큰 몸입니다.
 그것은 태양 아래서 자라고 밤의 침묵 속에 잠들며 꿈을 꿉니다.
 그대들의 집은 꿈꾸는 존재가 아닙니까. 그렇게 꿈을 꾸며 도시를 떠나 깊은 수풀이나 언덕 꼭대기로 가지 않습니까.

　내가 그대들의 집을 손안에 모아, 씨를 뿌리듯 숲과 초원에 뿌릴 수만 있다면.

　골짜기는 그대들이 거니는 거리가 되고, 숲이 우거진 오솔길은 그대들이 산책하는 골목이 될 것이며, 또 그대들은 포도밭에서 서로를 찾다가 흙 향기를 옷 속에 품고 돌아올 것입니다.

　허나 아직 이런 일은 이루어지지 않았습니다.

　그대 조상들은 두려운 마음에 그대들을 너무 가까이 모아 놓았습니다.

　이 두려움은 조금 더 오래갈 것이니.

　한동안 도시의 성벽은 그대들의 집을 들판에서 떼어 놓을 것입니다.

　오팔리즈 시민들이여, 말해 보십시오. 그대들은 그 집에 무엇을 가지고 있습니까. 그대들이 문을 굳게 잠그고서 지키고 있는 것은 무엇입니까.

　그대들은 그대들의 힘을 드러내고픈 고요한 열망과 같은 평화를 품고 있습니까.

　그대들은 마음의 꼭대기에 걸친 채 희미하게 빛나고 있는 아치와 같은 기억을 간직하고 있습니까.

그대들은 그대들의 마음을 돌과 나무로 만든 지상의 물건 속에서 끌어내 신성한 산으로 안내해 줄 아름다움을 지니고 있습니까.

말해 보십시오. 그대들의 집에는 이런 것들을 가지고 있습니까.

아니면 그대들은 편안함만을 찾습니까. 편안함을 찾는 욕구는 손님처럼 살금살금 집으로 들어와 주인 행세를 하다가, 결국 그대들을 노예처럼 부릴 것입니다.

그렇습니다. 정녕 그 욕구는 조련사처럼 갈고리와 채찍을 휘둘러 그대들을 더 큰 욕망의 꼭두각시로 만들고야 맙니다.

욕구의 두 손이 보드라운 비단결 같다 하여도, 마음은 냉정한 쇠와 같습니다.

그것은 그대들을 달래 주다가 그대들이 잠든 침대 곁에 서서 육신의 존엄성을 비웃을 뿐입니다.

그대들의 건강한 감각을 조롱하고, 깨지기 쉬운 그릇처럼 다루다가 엉겅퀴 가시 속으로 던져 버립니다.

진실로 편안함에 대한 욕구는 영혼의 열정을 죽이고, 활짝 웃는 얼굴로 장례식에 걸어 들어오는 것입니다.

허나 그대들이 땅에서 뛰노는 아이들이자 잠 속에서도 잠들지 않는 이들이라면, 편안함의 함정에 걸리거나 길들여지지 않을 것입니다.

그대들의 집은 정박하는 닻이 아니라 항해하는 돛대가 될 것입니다.

상처를 덮는 반지르르한 막이 아니라 눈을 지켜 주는 눈꺼풀이 될 것입니다.

그대들은 문으로 들어가기 위해 활짝 편 날개를 접지 않아도 됩니다. 천장에 부딪칠까 머리를 숙일 이유도, 벽이 갑자기 와르르 무너지지 않을까 제대로 숨 쉬시 못힐 이유도 없습니다.

그대들은 죽은 자가 산 자를 위해 만든 무덤에 머물지 마십시오. 집이 아무리 웅장하고 호화롭다 하여도, 그대들의 집은 비밀을 간직하는 곳이 되어서도 갈망을 숨기는 곳이 되어서도 안 됩니다.

그대들 안에 있는 무한한 존재는 하늘의 궁전에 머물기 때문입니다. 그곳에서는 아침의 안개는 문으로 여기고, 밤의 노래와 고요는 창문으로 삼습니다.

옷에 대하여

이번에는 베 짜는 직공이 말했다.
"옷에 대하여 말씀해 주십시오."
그가 대답했다.

그대들의 옷은 많은 아름다움을 감추지만, 아름답지 못한 부분은 가려 주지 않습니다.

그대들은 옷으로 자신의 자유를 추구하려 하지만, 결국에는 밧줄과 사슬만 찾을 것입니다.

그대들이 옷차림을 가볍게 하고 살갗을 드러내어 해와 바람을 맞이할 수 있으면 좋으련만.

삶의 숨결은 햇살 아래 있고 삶의 손길은 바람결에 있기 때문입니다.

그대들 가운데 어떤 이는 "우리에게 옷을 짜 입힌 것은 북풍이다"라고 말합니다.

여기에 나는 이렇게 대답하겠습니다.

그렇지요, 북풍이 그랬을 것입니다. 허나 그가 옷을 짠 베틀은 부끄러움이며, 그가 뽑아낸 실은 연약해진 힘줄입니다.

그렇게 옷을 만들어 놓고 그는 숲속에서 조롱의 웃음을 지었을 것입니다.

그러니 그의 겸손함은 깨끗하지 못한 자의 눈을 가리기 위한 방패임을 잊지 마십시오.

깨끗하지 못한 자가 더 이상 없을 때, 그 겸손한은 마음의 족쇄이자 마음을 더럽히는 오물이 아닙니까.

잊지 마십시오. 땅은 그대들의 맨발을 어루만질 때 기뻐하고, 바람은 그대들의 머리카락을 휘날리며 장난치고 싶어 한다는 것을.

사고파는 일에 대하여

이번에는 상인이 말했다.

"사고파는 일에 대해 말씀해 주십시오."

그가 이런 말로 답했다.

 땅은 그대들에게 열매를 아낌없이 내어 줍니다. 허나 그대들이 두 손을 어떻게 채워야 하는지 안다면 그 열매를 무조건 탐하지 마십시오.

 땅이 준 선물을 서로 주고받아야 풍요로움과 만족을 얻을 수 있기 때문입니다.

 그 주고받음이 사랑과 배려 속에서 공평하게 이루어지지 않는다면 어떤 이는 탐욕에, 어떤 이는 배고픔에 시달릴 것입니다.

 바다에서, 들판에서, 포도밭에서 땀 흘리는 노동자들이여. 시장에서 베 짜는 자와 그릇을 빚는 자, 향신료를 모으는 자, 그들을 만나거든 땅의 위대한 영혼이 그대들 안에 임하기를 기도하십시오. 그 영혼이 그대들의 저울과 서로의 값어치를 가늠하는 셈을 성스럽게 해 주기를 기원하십시오.

그대들의 노동을 말로써 사려고 빈손으로 온 자가 거래에 끼어드는 것을 허락하지 마십시오.
그리고 그들에게 이렇게 말해 주십시오.
"우리와 함께 들판에 갑시다. 아니면 우리 형제들과 함께 바다에서 그물을 던져도 좋습니다. 땅과 바다가 우리에게 그랬듯이 그대들에게도 풍요로움을 베풀 것입니다."

시장에서 노래하고 춤추는 자나 피리를 연주하는 자를 만나거든, 이들이 주는 선물도 사도록 하십시오.
이들 역시 열매와 유향을 모으는 자들이니, 이들이 가져온 것이 비록 꿈으로 만들어졌다 하여도 그대들의 영혼에 옷과 음식이 될 것입니다.

그리고 시장을 떠나기 전에 빈손으로 자리를 뜨는 이가 없는지 살펴보십시오.

이 땅의 위대한 영혼은 그대들 하나하나의 욕구가 다 채워질 때까지, 결코 바람 속에 평화로이 잠들지 않을 것입니다.

죄와 벌에 대하여

이번에는 도시의 재판관이 나와 말했다.
"죄와 벌에 대하여 말씀해 주십시오."
그가 이런 말로 답했다.
그대들의 영혼이 바람결에 떠돌고 있을 때면, 그대들은 돌봐주는 이 하나 없이 홀로 서성이다가 남들에게 잘못을 범합니다. 그리고 스스로에게도 잘못을 저지릅니다.
때문에 결국 자신의 잘못으로 축복의 문을 두드리며, 그 문 앞에서 하염없이 기다려야 하는 것입니다.

그대들의 거룩한 자아는 드넓은 바다와 같으니.
영원히 더럽혀지지 않는 것.

그것은 높은 하늘처럼 날개가 있는 것만을 들어 올립니다.

그대들의 거룩한 자아는 태양과도 같으니, 두더지가 다니는 길은 알지 못하며 뱀처럼 구멍을 찾지도 않습니다.

허나 이 거룩한 자아는 그대들 안에 홀로 머물지 않습니다.

그대들 안의 많은 부분은 여전히 인간의 모습을 하고 있으며, 아직도 많은 부분은 인간이 되지 못하고 있습니다. 그저 보잘것없는 난쟁이처럼 잠 속에서 안개를 헤치고 다니며 스스로 깨어날 때를 기다릴 뿐.

이제 나는 그대들 안에 있는 인간을 말하려 합니다.

그대들은 죄를 알고 그 죄에 대한 벌을 아는 이는 인간일 뿐, 그대들의 거룩한 자아나, 안개 속을 헤매는 난쟁이는 아닙니다.

간혹 나는 그대들이 이렇게 말하는 것을 듣습니다. 잘못을 범한 자는 그대들 가운데 한 사람이 아니라, 그대들에게 나타난 이방인이자 그대들 세상에 끼어든 침입자라고.

허나 그대들에게 말하노니, 아무리 의로운 성자라 하여도 그대들 하나하나 안에 있는 고귀한 존재를 뛰어넘을 수 없습니다. 또 아무리 나약한 악인이라 하여도, 그대들 안에 있는 천한 존재보다 더 타락할 수는 없습니다.

잎사귀 하나라도 온 나무에 대한 이해 없이는 노랗게 물들지

못하듯이, 그대들 안에 숨겨진 의지가 없다면 잘못을 행하는 자는 악행을 저지를 수 없습니다.

그대들은 한 행렬을 이루며 그대들 안의 거룩한 자아를 향해 나아가고 있을 뿐.

그대들은 여행자이자 길입니다.

그대들 가운데 하나가 넘어진다면, 그는 뒤에 오는 이들을 위해 넘어진 것이며, 발부리에 걸리는 돌을 조심하라고 경고한 것입니다.

또 그는 앞서 가는 이들을 위해 넘어진 것입니다. 이들이 자신 있는 걸음으로 빠르게 가느라 발부리에 걸리는 돌을 미처 치우지 못했기 때문입니다.

그러니 그대들의 가슴을 무겁게 짓누를지라도, 다음의 말 또한 가슴에 새기십시오.

살해당한 자는 자신의 죽음에 책임이 없지 않으며, 도둑맞은 자는 도둑당한 것에 잘못이 없지 않습니다.

의로운 자는 악인의 행동에 허물이 없지 않으며, 결백한 자는 죄인의 범죄에 죄가 없지 않습니다.

그렇습니다, 죄인은 때로 상처받는 희생자입니다.

사형수도 죄 없는 자와 비난할 것이 없는 자의 짐을 짊어지기도 합니다.

그대들은 정의로운 자와 정의롭지 않은 자를 나눌 수 없으며, 선한 자와 악한 자를 나눌 수 없습니다.

검은 실과 하얀 실이 한데 짜여 있듯이, 그대들은 하나같이 태양의 얼굴 앞에 서 있기 때문입니다.

검은 실이 끊어진다면, 베 짜는 직공은 옷감 전부를 들여다보아야 하며 베틀 또한 살펴야 합니다.

그대들 가운데 누가 부정한 아내를 심판하려거든, 남편의 마음 또한 서울에 달고 그 영혼도 자로 재십시오.

죄인을 채찍질하려거든, 먼저 죄인에게 당한 자의 영혼을 살피십시오.

그대들 가운데 누군가 정의의 이름으로 벌을 내리고 악의 나무를 도끼로 내리치려거든, 먼저 그 나무의 뿌리를 들여다보십시오.

진실로 선과 악의 뿌리, 풍요로움과 척박함의 뿌리가 흙의 고요한 가슴속에 한데 뒤섞여 있음을 알 것입니다.

그리고 그대들, 정의로워야 할 재판관들이여. 육신은 정직하나 도둑의 정신을 가진 자에게 어떤 판결을 내리겠습니까.

살인자의 육신을 가졌으나 스스로의 영혼은 살해당한 자에게 어떤 처벌을 내리겠습니까.

남을 속이고 억압했으나 마음속에 억울함과 분노를 품은 자에게 어떤 심판을 가하겠습니까.

죄를 저질렀으나 그 죄보다 더 큰 죄책감으로 괴로워하는 자에게 어떤 벌을 주겠습니까.

그 죄책감이란 그대들이 기꺼이 섬기는 법으로 집행한 정의와 같지 않습니까.

허나 그대들은 죄 없는 자에게 죄책감을 심어 줄 수도, 죄 지은 자에게서 죄책감을 덜어 줄 수도 없습니다.

죄책감이란 초대하지 않아도 밤중에 찾아와 사람들을 깨우고 스스로를 들여다보게끔 하기 때문입니다.

그러니 정의를 이해하려는 그대들이여. 모든 행동을 환한 빛에서 살펴보지 않는다면 어찌 정의를 이해할 수 있겠습니까.

환한 빛에서 살펴본 뒤에야 그대들은 깨달을 것입니다. 똑바로 일어선 의인과 타락한 죄인은 그저 한 사람이 난쟁이 자아의 밤과 거룩한 자아의 낮 사이, 어스름한 빛 속에 서 있는 것과 같음을. 또 사원의 주춧돌이 가장 낮은 바닥에 놓은 돌보다 결코 높지 않다는 것을.

법에 대하여

이번에는 법률가가 말했다.
"그렇다면 스승이시여, 우리네 법은 어떻습니까."
그가 대답했다.
그대들은 법을 만드는 것에서 기쁨을 느끼며, 법을 깨부수는 것에서는 더 큰 기쁨을 얻습니다.
마치 바닷가에서 노는 아이가 끊임없이 모래성을 쌓다가 허물며 웃는 것처럼.
허나 그대들이 모래성을 쌓는 동안에도 바다는 더 많은 모래를 해변에 가져다 놓습니다. 또한 그대들이 모래성을 허물 때, 바다는 그대들에게 미소를 지을 것입니다.
진정 바다는 순진무구한 자에게 언제나 미소를 짓습니다.

허나 삶이 바다를 닮지 않는 자에게, 사람이 만든 법도 모래성과 같지 않은 자에게 법이란 무엇입니까. 삶을 바위처럼 여기며, 법을 그 바위에 자신과 닮은 형상을 새기는 끌로 여기는 자는 어떻습니까.

춤추는 자를 시기하는 절름발이는 어떻습니까.

자신의 멍에는 사랑하면서, 숲속의 사슴과 순록들은 길을 잃었거나 그저 떠도는 무리로 여기는 황소는 어떻습니까.

자신의 허물은 벗지 못하면서 남 보고는 벌거벗고 부끄럼도 모른다고 하는 늙은 뱀은 어떻습니까.

혼인 잔치에 일찍 나타나 잔뜩 먹고 지칠 때까지 놀고 난 뒤, 돌아가면서 모든 잔치는 법을 위반하는 것이며 잔치 손님들은 모두 범법자라고 하는 자는 어떻습니까.

이들에게 내가 무슨 말을 하겠습니까. 그저 이들도 햇빛 아래 서 있기는 하지만 태양을 등지고 있다고 말할 수밖에요.

이들은 자기 그림자만 보고, 그 그림자를 자신의 법으로 삼을 뿐입니다. 그렇다면 이들에게 태양은 무엇이겠습니까. 그들에게는 다만 그림자를 던져 주는 존재일 뿐.

법을 인정한다는 것은 무엇이겠습니까. 몸을 구부려 땅에 드리운 그림자를 좇는 일일 뿐.

허나 태양을 향해 걸어가는 그대들이여. 땅에 드리운 어떤 형상이 그대들을 붙잡을 수 있습니까.

바람 따라 여행하는 그대들이여. 그 어떤 풍향계가 그대들의 길을 안내해 줄 수 있습니까.

그대들이 인간의 감옥 문이 아니라 자신들이 짊어진 멍에를 부수는 것이라면, 어떤 법이 그대들을 묶을 수 있습니까.

그대들이 인간의 쇠사슬에도 아랑곳하지 않고 춤춘다면, 어떤 법이 그대들을 두렵게 하겠습니까.

그대들이 자신들의 옷을 찢고도 인간의 길에서 벗어나지 않는다면, 그 누가 그대들을 심판할 수 있겠습니까.

오팔리즈 시민들이여, 그대들은 능히 북소리를 약하게 할 수도, 수금의 줄을 느슨하게 할 수도 있습니다. 허나 그 누가 저 종달새에게 노래를 그치라고 명할 수 있겠습니까.

자유에 대하여

이번에는 웅변가가 말했다.

"자유에 대해서 말씀해 주십시오."

그가 대답했다.

나는 성문 앞에서, 집 안 난롯가에서 그대들이 엎드려 자유를 비는 모습을 보았습니다. 마치 노예들이 죽음을 당할지라도 폭군 앞에서 스스로 머리를 조아리고, 입이 마르도록 찬양하는 것과 같더이다.

그렇습니다. 나는 사원 숲속에서, 때로는 성채의 그늘 아래에서, 그대들 가운데 더없이 자유로운 자가 자신의 자유를 굴레와 쇠고랑처럼 둘러쓰고 있는 모습을 보았습니다.

그때 내 가슴속에서 피가 흘렀습니다.

그대들이 자유를 구하는 욕망조차 구속이라 여길 때, 자유를 하나의 목적이자 완수할 임무라 더 이상 말하지 않을 때, 비로소 자유로울 것이기 때문입니다.

그대들은 진정 자유로울 것입니다. 근심 없이 낮을 보내며, 그 어떤 바람이나 슬픔 없이 밤을 보낸다면, 그리고 이 모두가 그대들의 삶을 옭아맬지라도 훌훌 털고 자유의 몸으로 일어선다면.

또 그대들이 한낮의 시간에 채워 두었던 사슬을, 깨달음의 새벽에 끊어 내지 않는다면, 어찌 그대들의 낮과 밤을 넘어설 수 있겠습니까.

정녕 그대들이 자유라고 부르는 것은 그 많은 사슬 중에서도 가장 강력한 것입니다. 설령 그 고리가 햇빛에 반짝반짝 빛나 그대들의 눈을 홀린다 하여도.

그대들이 자유롭기 위해 버리는 것은 그대들 스스로의 파편일 뿐입니다.

그대들이 내버리려는 것이 옳지 못한 법이라면, 그 법은 그대들 손으로 직접 그대들의 이마에 적은 것입니다.

그대들이 아무리 법전을 불살라도, 재판관의 이마를 씻고 바닷물을 들이부어도, 그 흔적은 지울 수 없을 것입니다.

그대들이 몰아내려는 것이 폭군이라면, 먼저 그대들 안에 세운 폭군의 왕좌가 무너졌는지 살피십시오.

만일 자유롭고 당당한 자들이 자신의 자유에 한 점의 포악함도 없으며, 자신의 당당함에 한 점의 부끄러움도 없다면, 폭군이 어찌 이들을 다스릴 수 있겠습니까.

그대들이 떨쳐 낼 것이 근심이라면, 그 근심은 그대들에게 떠맡겨진 것이 아니라 그대들 스스로 선택한 것입니다.

그대들이 떨쳐 버리려는 것이 공포라면, 그 공포는 두려워하는 자의 손아귀에 있는 것이 아니라 그대들 마음속에 자리 잡고 있습니다.

진실로 만물이 그대들 안에 반쯤 뒤엉켜 있으니 그대들이 욕망하는 것과 두려워하는 것, 혐오하는 것, 아끼는 것, 추구하는 것, 달아나려 하는 것은 끊임없이 움직이고 있습니다.

그대들 안에서 움직이는 이것들은 마치 한 쌍의 빛과 그림자처럼 서로 달라붙어 꿈틀거립니다.

그러니 그림자가 사라져 더 이상 보이지 않을 때, 남은 빛이 또 다른 빛의 그림자가 되는 것입니다.

마찬가지로 그대들의 자유도 족쇄에서 벗어날 때, 더 큰 자유의 족쇄가 될 것입니다.

이성과 열정에 대하여

이번에는 여자 사제가 다시 말했다.
"이성과 열정에 대해서 말씀해 주십시오."
그가 이런 말로 답했다.
그대들의 영혼은 때로 이성과 판단력이 열정과 욕망에 맞서 싸우는 전쟁터와 같습니다.
만일 내가 그대들 영혼의 중재자가 될 수 있다면, 그대들 안에서 일어나는 다툼과 경쟁을 하나의 노래로 뒤바꿀 수 있으련만.
허나 그대들 스스로 중재자가 되지 않는다면, 아니 그대들 안에 존재하는 모든 것을 사랑하지 않는다면, 내가 어찌 그럴 수 있겠습니까.
그대들의 이성과 열정은 바다를 항해하는 영혼의 방향타와

돛입니다.

방향타나 돛이 부러진다면, 그대들은 내던져진 채 떠돌거나 바다 한가운데 꼼짝없이 멈춰 있어야 할 것입니다.

왜냐하면 이성은 홀로 다스리기에는 한계가 있는 힘이며, 열정은 주의를 기울이지 않으면 스스로를 불살라 파괴하는 불꽃이기 때문입니다.

그러니 그대들의 영혼으로 하여금 이성을 열정의 높이까지 날아오르게 하십시오.

그리고 열정을 이성의 힘으로 이끌게 하십시오. 마치 불사조가 스스로를 불사른 잿더미 속에서 다시 일어나는 것처럼 그대들의 열정이 날마다 되살아날 수 있도록.

내 그대들에게 바라노니, 판단력과 욕망을 집에 초대한 소중한 손님처럼 여기십시오.

마땅히 그대들은 한 손님을 다른 손님보다 더 귀하게 대접해서는 안 될 것입니다. 한 손님에만 신경을 쓰다 보면 두 손님의 사랑과 믿음을 모두 잃을 것이기 때문입니다.

그대들이 언덕 위 하얀 버드나무의 시원한 그늘 아래 앉아, 멀리 있는 들판과 초원의 평화로움과 고요함을 맛볼 때면, 마음속으로 조용히 말하십시오.

"신께서 이성 안에 머무르고 계신다."

허나 폭풍이 몰려오고 거센 바람이 숲을 흔들며 천둥 번개가 하늘의 장엄함을 외칠 때면, 두려운 마음으로 말하십시오.

"신께서 열정으로 움직이신다."

그러면 그대들은 신의 세계에서 한 숨결이며, 신의 숲속에서 한 이파리이니, 신과 마찬가지로 이성 안에 머무르며 열정으로 움직이게 될 것입니다.

고통에 대하여

이번에는 여인이 말했다.
"고통에 대하여 말씀해 주십시오."
그가 대답했다.
그대들의 고통이란 깨달음을 둘러싸고 있는 껍질이 부서지는 것과 같습니다.
과일의 씨가 햇빛을 보려면 부서져야 하듯이, 그대들도 고통을 맛보아야 합니다.
그대들이 경이에 찬 눈으로 날마다 일어나는 삶의 기적을 본다면, 고통도 기쁨 못지않게 경이로운 마음으로 받아들이게 될 것입니다.
그대들이 들판 위로 지나가는 계절을 견디었듯이, 그대들 마

음속에 지나가는 계절도 견딜 것입니다.

그러면 슬픔의 겨울도 고요한 마음으로 바라보게 될 것입니다.

그대들 고통의 대부분은 스스로 택한 것입니다.

그대들 안의 의사가 아픈 자아를 치유하기 위해 지어 준 쓴 약입니다.

허니 의사를 믿고, 그가 준 약을 묵묵히 침착하게 받아 마십시오.

그의 손이 아무리 무겁고 거칠다 하여도, 그 손은 보이지 않는 그분의 손길이 인도한 것입니다. 그가 내준 잔이 아무리 그대들 입술을 불타게 하여도, 그 잔은 도공이 자신의 성스러운 눈물로 적시고 흙으로 빚은 것입니다.

자아를 아는 것에 대하여

이번에는 남자가 말했다.

"자아를 아는 것이란 무엇인지 말씀해 주십시오."

그가 이런 말로 답했다.

그대들의 마음은 고요 속에서 낮과 밤의 비밀을 알고 있습니다.

허나 그대들의 귀는 마음속의 지혜를 소리로 듣고 싶어 합니다.

그대들은 이미 생각으로 아는 것을 말로 이해하려 합니다.

그대들은 꿈의 벌거벗은 몸을 손가락으로 만지려 합니다.

또 그대들은 마땅히 그리해야 합니다.

그대들 영혼 속에 숨어 있는 샘물은 반드시 솟아올라 바다로 졸졸 흘러야 합니다.

또한 그대들 안의 무한히 깊은 곳에 있는 보물은 그대들 눈앞에 모습을 드러내야 합니다.

허나 그대들은 그 미지의 보물을 저울에 달려 하지 마십시오. 그대들 지식의 깊이도 지팡이나 줄로 헤아리려 하지 마십시오.

자아란 헤아릴 수 없는 드넓은 바다이기 때문입니다.

"진실을 다 찾았다" 하지 말고,
"겨우 한 조각의 진실을 찾았다"라고 하십시오.
"영혼의 길을 찾았다" 하지 말고,
"내 길에서 걷고 있는 영혼을 만났다"라고 하십시오.
영혼은 세상의 모든 길을 걷기 때문입니다.

영혼은 한길만 따라 걷는 것도, 갈대처럼 무성히 자라나는 것도 아닙니다. 수많은 꽃잎이 달린 연꽃처럼 스스로 펼쳐 보이는 것입니다.

가르치는 것에 대하여

이번에는 교사가 말했다.

"가르치는 것이란 무엇인지 말씀해 주십시오."

그가 대답했다.

그 누구도 그대들에게 속 시원히 알려 줄 수 없습니다. 그저 그대들 스스로가 깨달음의 새벽에 반쯤 잠들어 있는 것을 귀띔해 줄 수 있을 뿐.

제자들에게 둘러싸여 사원의 그늘 아래를 거니는 선생이라 하여도, 자신의 믿음과 사랑을 베풀지언정 자신의 지혜를 나눠 줄 수 없는 법입니다.

그가 진실로 현명하다면, 그대들에게 자기가 지은 지혜의 집으로 들어오라고 강요하지 않을 것입니다. 차라리 그대들 스스로 마음속의 문지방을 넘도록 이끌 것입니다.

천문학자가 우주에 대한 깨달음을 말해 준다 하여도, 자신에 대한 깨달음을 나누어 주지는 못합니다.

음악가가 온 우주의 리듬을 노래로 부른다 하여도, 그 리듬을 듣는 귀도, 그것을 울려 퍼지게 하는 목소리도 나누어 주지는 못합니다.

숫자의 과학을 꿰뚫고 있는 자가 무게나 단위의 세계를 말해 준다 하여도, 그곳으로 그대들을 데려가 주지는 못합니다.

한 사람이 가진 상상의 날개를 다른 이에게 빌려 줄 수 없기 때문입니다.

그리고 그대들 각자가 스스로의 힘으로 신을 깨닫고 있듯이, 그대들은 따로따로 신을 깨닫고 따로따로 이 땅을 이해해야 합니다.

우정에 대하여

이번에는 젊은이가 말했다.
"우정에 대하여 말씀해 주십시오."
그가 이런 말로 답했다.
친구는 그대들의 소망을 채워 주는 존재입니다.

그는 그대들이 사랑으로 씨를 뿌려 추수 감사절에 거두어들이는 들판입니다. 그는 그대들의 식탁이자 그대들의 따뜻한 집이지요.

그대들은 배고플 때 그를 찾고, 그에게서 평화를 얻기 때문입니다.

그가 속마음을 털어놓을 때 그대들은 진심으로 "아니다"라고 말하는 것을 두려워하지 말며, "그렇다"라는 말도 억누르지 마십시오.

그가 침묵할 때에도 그대들의 마음은 그의 마음에 계속 귀 기울이도록 하십시오. 말이 없어도 우정 안에서는 모든 생각과 모든 욕망, 모든 기대를 기쁜 마음으로 품고 나누는 것입니다.

그와 헤어질 때에도 부디 슬퍼하지 마십시오.

산을 오르는 자에게는 산이 평지보다 또렷이 보이듯이, 친구의 가장 좋은 점은 그가 곁에 없을 때 또렷이 드러나기 때문입니다.

우정을 나눌 때에는 영혼을 깊이 하는 것 외에 다른 목저은 두지 마십시오.

자신의 신비를 드러내는 것 외에 다른 무엇을 찾는 사랑은 사랑이 아니라, 함부로 내던진 그물에 불과합니다. 그 그물에는 쓸데없는 것만 걸릴 뿐.

그러니 그대들은 친구를 위해 최선을 다하십시오.

그가 그대들의 물결이 빠져나가는 때를 알고 있다면, 그대들의 물결이 흘러넘치는 때도 알려 주십시오.

시간을 적당히 때우기 위해 친구를 찾는다면 그 친구가 무슨 소용이 있겠습니까.

언제나 시간을 활기차게 보내기 위해 친구를 찾으십시오.

친구는 그대들의 공허함을 채우는 존재가 아니라, 그대들의 부족함을 채우기 위한 존재가 되어야 합니다.

그러니 기쁨을 함께 나누면서 우정의 따스함 속에 웃음이 깃들도록 하십시오.

마음은 하찮은 이슬 한 방울에서도 아침을 발견하고 생기를 되찾기 때문입니다.

말하는 것에 대하여

이번에는 학자가 밀했다.

"말하는 것에 대하여 말씀해 주십시오."

그가 이런 말로 답했다.

그대들은 가만히 생각하지 못할 때 말을 합니다.

그리고 마음의 고독을 더 이상 견디지 못할 때 입을 엽니다. 그때 말소리는 기분 전환이자 소일거리에 불과합니다.

말이 많아지면 생각의 반은 죽게 됩니다.

생각이란 하늘을 나는 새와 같아서, 말의 감옥 속에서 날개를 펼 수 있을지 몰라도 날아오르지는 못하기 때문입니다.

그대들 가운데 어떤 이는 홀로 있기가 두려워 수다스러운 이야기꾼을 찾습니다.

이들은 고독한 침묵이 벌거벗은 몸뚱이를 드러내면 도망치려는 것입니다.

어떤 이는 자신이 이해하지 못하는 진실을 아무 지식 없이 닥치는 대로 떠듭니다.

어떤 이는 자신 속에 진실을 간직하고 있으면서도 입 밖으로 내뱉지 않습니다.

이런 이들의 가슴에서 영혼은 살아 움직이는 침묵 속에 머물고 있습니다.

그대들이 길거리에서나 시장에서 친구를 만나거든, 그대들 안의 영혼이 입술을 움직이고 혀를 굴리게 하십시오.

그대들 내면의 목소리가 그의 내면의 귀에 속삭이도록 하십시오. 그의 영혼은 그대들 마음의 진실을 영원히 간직할 것입니다.

마치 포도주의 빛깔은 지워지고 포도주를 담은 잔이 더 이상 기억되지 않는다 하여도, 그 맛은 절대 잊지 못하는 것처럼.

시간에 대하여

이번에는 천문학자가 물었다.
"스승이시여, 시간이란 무엇입니까?"
그가 대답했다.
그대들은 헤아릴 수 없는 무한한 시간을 헤아리려 합니다.
시간과 계절의 변화에 따라 그대들의 행동을 맞추고, 그대들의 영혼이 갈 길마저 정하려 합니다.
시간을 강물로 만들고, 바로 위 강둑에 앉아 그 물이 흐르는 모습을 보려는 것입니다.

그대들 안에서 시간을 초월한 존재는 삶이 시간을 넘어서는 것임을 압니다. 어제는 오늘의 기억일 뿐이며, 내일은 오늘의 꿈이라는 것도 압니다.

　그대들 안에서 노래하고 명상하는 존재는 별들이 우주 공간에 흩뿌려지던 첫 순간, 그 속에 여전히 머물고 있습니다.

　그대들 가운데 누가 그분의 사랑하는 힘이 한없는 것임을 느끼지 못하겠습니까.

　그 누가 그 사랑은 한이 없지만 그분이라는 존재의 핵심에 둘러싸여 이 사랑의 생각에서 저 사랑의 생각으로, 이 사랑의 행동에서 저 사랑의 행동으로 움직이지 못하는 것임을 느끼지 못하겠습니까.

　사랑이 그러하듯이 시간도 나누어지지 않으며, 일정한 속도로도 가지 않는 법입니다.

　허나 그대들 생각으로 시간을 헤아려 계절을 나눠야 한다면, 계절 하나하나 속에 다른 모든 계절이 깃들도록 하십시오. 그래서 오늘이 과거를 기억으로 감싸 안도록, 미래를 갈망으로 감싸 안도록 하십시오.

선과 악에 대하여

이번에는 도시의 원로들 가운데 한 명이 말했다.
"선과 악에 대하여 말씀해 주십시오."
그가 대답했다.
나는 그대들 안에 있는 선을 말할 수 있을 뿐 악은 말할 수 없습니다.

악이란 바로 스스로의 굶주림과 목마름으로 괴로워하는 선이 아니겠습니까.

진정 선이 굶주리고 있다면 어두운 동굴에서라도 먹을 것을 찾고, 선이 목마르다면 썩은 물이라도 들이킬 것입니다.

그대들은 그대들 자신과 하나일 때 선합니다.

허나 그대들 자신과 하나이지 못한다 하더라도 그대들이 악한 것은 아닙니다.

갈라진 집은 그저 갈라진 집일 뿐 도둑의 소굴이 아닙니다.

방향타 없는 배가 섬들 사이를 정처 없이 위태위태하게 떠돈다고 해서 바다 밑으로 가라앉지는 않습니다.

그대들은 스스로를 내주려 애쓸 때 선합니다.

허나 스스로의 이익을 탐한다고 해서 악한 것은 아닙니다.

이익을 좇는 그대들은 다만 땅에 달라붙어 그 젖가슴을 빨아 먹는 뿌리에 불과하기 때문입니다.

정녕 열매가 뿌리에게 "나를 닮아 탐스럽게 익어 넉넉함을 내어 주는 이가 돼라"고 말하지는 않을 것입니다.

열매는 주는 것을 필요로 하지만 뿌리는 받는 것을 필요로 하기 때문입니다.

그대들은 활짝 깬 정신으로 말할 때 선합니다.

허나 그대들의 혀가 잠에 취해 목적 없이 비틀거린다고 해서 악한 것은 아닙니다.

더듬거리는 말도 약한 혀를 튼튼하게 할 수는 있습니다.

그대들은 목적지를 향해 굳세고 당당한 발걸음으로 나아갈 때 선합니다.

허나 절뚝거리며 걸어간다고 해서 악한 것은 아닙니다.

절뚝거리는 사람이라도 뒤로 가지는 않습니다.

허나 튼튼하고 재빠른 그대들이여, 생각해 보십시오. 그대들은 절름발이 앞에서 절뚝거리지 않고는 그것을 친절로 여기지 않습니까.

그대들은 무수한 면에서 선하지만, 선하지 않을 때라도 악한 것은 아닙니다. 다만 그대들은 빈둥거리는 게으름뱅이에 불과할 뿐.

가엾게도 수사슴이 거북이에게 빨리 가는 법을 가르치지는 못하는 법입니다.

선이란 위대한 자아를 갈망하는 마음에 있습니다.

또 그 갈망은 모두 그대들 안에 있는 것.

그대들 가운데 어떤 이에게 갈망은 바다로 힘껏 돌진하는 거센 물결이어서, 산비탈의 비밀과 숲의 노래를 싣고 흘러갑니다.

또 어떤 이에게 갈망은 구불구불 흐르는 약한 물줄기여서, 힘없이 흘러가다가 바닷가에 채 닿지 못하고 머뭇거립니다.

허나 갈망이 큰 이는 갈망이 적은 이에게 "그대는 무엇 때문에 망설이며 더디게 가는가?"라고 다그치지 마십시오.

　진실로 선한 이라면 헐벗은 이에게 "그대 옷은 어디 있는가?"라고 묻지 않을 것이며, 집이 없는 이에게 "그대 집에 안 좋은 일이 생겼는가?"라고 묻지도 않습니다.

기도에 대하여

이번에는 여사 사세가 말했다.
"기도에 대하여 말씀해 주십시오."
그가 이런 말로 답했다.
그대들은 괴로울 때나 소원이 있을 때 기도합니다. 허나 기쁨으로 충만할 때나 넉넉한 나날을 누릴 때도 기도하도록 하십시오.

기도란 그대들의 자아를 생동하는 하늘 속에 활짝 펼치는 것이 아닙니까.
그대들은 어둠을 허공에 쏟기 위해 위안의 기도를 올립니다. 그와 마찬가지로 가슴속 새벽빛을 쏟아 내기 위해 기쁨의 기도

를 올리십시오.

그대들이 영혼의 명으로 기도할 때 하염없이 울 수밖에 없다면, 그 영혼은 그대들의 눈물을 쥐어 짜내고 또 짜내어 결국 그대들을 웃게 할 것입니다.

기도할 때 그대들은 공중으로 솟아올라 때마침 기도하고 있는 이들을 만날 것입니다. 기도가 아니라면 만날 수 없는 이들을.

그러니 그대들이 보이지 않는 사원을 찾는다면, 황홀한 마음으로 달콤한 만남을 마음껏 누리십시오.

그대들이 그저 구하기 위해 사원에 들어간다 할시라도, 아무것도 얻지 못할 것입니다.

그대들이 스스로를 낮추기 위해 사원에 들어간다 할지라도, 일으켜 세움을 받지 못할 것입니다.

그대들이 다른 이의 행복을 기도하기 위해 사원에 들어간다 할지라도, 그 기도는 어떤 답도 받지 못할 것입니다.

그대들이 보이지 않는 사원에 들어간 것만으로도 족한 것입니다.

나는 그대들에게 어떤 말로 기도를 할지 가르쳐 줄 수 없습니다.

신께서는 그대들의 입술로 말씀하실 뿐, 그대들의 말은 듣지 않으시기 때문입니다.

내가 그대들에게 산과 숲과 바다의 기도를 가르쳐 줄 수도 없습니다.

허나 그대들은 산과 숲과 바다에서 태어났으니 이들의 기도를 가슴속에서 찾을 것입니다.

또 그대들이 밤의 고요에 온전히 귀 기울이기만 한다면, 이들이 이렇게 가만히 속삭이는 소리를 들을 것입니다.

"우리의 신이시여, 날개 달린 우리의 자아여.

우리 안에 돋아난 뜻은 곧 당신의 뜻입니다.

우리 안에 돋아난 소망은 곧 당신의 소망입니다.

우리 안에 숨 쉬는 당신의 욕망은, 당신 것인 우리의 밤을, 역시 당신 것인 우리의 낮으로 바꾸어 놓습니다.

우리는 당신에게 아무것도 구할 수 없습니다. 당신은 우리 안에서 욕구가 생기기도 전에 이미 다 아시기 때문입니다. 당신이 곧 우리가 채우려는 욕구입니다. 당신 스스로 더욱 주심으로써 만물을 우리에게 주셨습니다."

즐거움에 대하여

이번에는 해마다 한 번씩 도시를 찾는 은자가 나와 밀혔다.
"즐거움에 대하여 말씀해 주십시오."
그가 이런 말로 답했다.
즐거움은 자유의 노래, 허나 자유는 아닙니다.
즐거움은 그대들의 소망이 꽃을 피운 것, 허나 소망이 맺은 열매는 아닙니다.
즐거움은 높은 산꼭대기를 향해 외치는 깊은 골짜기, 허나 높은 것도 깊은 것도 아닙니다.
즐거움은 날개가 있으나 갇혀 있는 것, 허나 사방이 막혀 있는 공간은 아닙니다.
그렇습니다. 진실로 즐거움은 자유의 노래인 것입니다.

그러니 나는 기꺼이 그대들이 마음을 다해 그 노래를 불렀으면 합니다. 허나 노래를 부르다가 그대들의 마음까지 잃어버리지는 마십시오.

그대들 가운데 어떤 이는 즐거움이 전부인 것처럼 추구하다가 비판을 받고 질책을 받습니다.
나는 이들을 비판하거나 질책하지 않겠습니다.
나는 즐거움을 추구하도록 이들을 격려하겠습니다.
이들이 즐거움을 찾더라도 즐거움 하나만을 얻지는 않을 것이기 때문입니다.
즐거움은 일곱 자매를 두었는데, 그중 가장 어린 자매도 즐거움보다는 아름답습니다.
정녕 그대들은 듣지 못했습니까. 뿌리를 캐다가 땅속에서 보물을 발견한 사람의 이야기를.

그대 노인들 가운데 어떤 이는 즐거움을 술에 취해 저지른 잘못처럼 후회로 되새깁니다.
허나 후회는 마음의 벌이 아니라 마음을 어둡게 할 뿐. 이들은 즐거움을 여름날의 수확처럼 감사하는 마음으로 되새겨야 합니다.

그래도 후회가 이들에게 위안을 준다면, 이들은 그렇게 위안받아야겠지요.

그대들 중에는 즐거움을 좇을 만큼 젊지 않으나 즐거움을 되새길 만큼 늙지도 않은 이가 있습니다.

이들은 즐거움을 좇는 것이든 되새기는 것이든 모든 즐거움을 피합니다. 즐거움으로 말미암아 영혼을 돌보지 않고 해치지는 않을까 두려운 마음에서입니다.

히나 계속 피하더라도 결국에는 즐거움과 맞닥뜨릴 수밖에 없습니다.

떨리는 손으로 뿌리를 캐다가 결국 보물을 찾는 것입니다.

그러니 말해 보십시오. 영혼을 해칠 수 있는 자는 과연 누구입니까.

꾀꼬리가 밤의 고요를 해할 수 있겠습니까, 개똥벌레가 밤하늘 별들을 해할 수 있겠습니까.

그대들의 불꽃이, 그대들의 연기가 바람에 짐이 될 수 있겠습니까.

생각해 보십시오. 그대들은 영혼을 지팡이로 어지럽힐 수 있는 한낱 고요한 연못으로 여깁니까.

때로 그대들은 스스로 즐거움을 거부하면서도 그대들 존재 한구석에 소망을 묻어 둡니다.

허나 그 누가 알겠습니까. 오늘 흘려버린 그것이 내일을 기약하고 있을지를.

그대들의 몸조차도 자신이 물려받은 유산과 정당한 요구를 알고 있으니, 절대 속지 않을 것입니다.

그대들의 몸은 그대들 영혼의 하프.

그 하프에서 감미로운 음악을 뽑아낼지 혼탁한 소리를 낼지는 그대들에게 달려 있습니다.

그런데 지금 그대들은 마음속으로 "즐거움 속에서 선한 것과 선하지 않은 것을 어찌 구분해야 하는가"라고 묻고 있습니다.

그대들의 들판과 정원에 가십시오. 그러면 꽃에서 꿀을 모으는 것이 벌의 즐거움이며, 벌에게 꿀을 내주는 것 또한 꽃의 즐거움임을 깨달을 것입니다.

벌에게 꽃은 생명의 샘이며, 꽃에게 벌은 사랑의 전령이기 때문입니다.

그러니 벌에게나 꽃에게나 즐거움을 주고받는 것은 하나의 욕구이자 하나의 환희인 것입니다.

오팔리즈 시민들이여, 그대들도 꽃과 벌처럼 즐거움을 누리십시오.

아름다움에 대하여

이번에는 시인이 말했다.
"아름다움에 대하여 말씀해 주십시오."
그가 대답했다.
아름다움이 스스로 그대들의 갈 길이 되고 그대들의 안내자가 되어 주지 않는다면 그대들이 어디에서 아름다움을 구하며, 어떻게 아름다움을 찾겠습니까.

아름다움이 그대들의 말을 엮어 주지 않는다면 그대들이 어떻게 아름다움에 대해 논할 수 있겠습니까.

마음을 다친 이나 몸을 상한 이가 말하기를,
"아름다움은 친절하고 온화한 것. 마치 젊은 어머니처럼 자신이 누리는 영광에 얼굴을 살짝 붉히며 우리 사이를 거닐고 있다."

열정적인 이가 말하기를,

"아니다. 아름다움은 힘 있고 두려운 것. 마치 폭풍처럼 우리 발밑의 땅과 우리 머리 위의 하늘을 뒤흔든다."

지치고 피곤한 이가 말하기를,

"아름다움은 부드러운 속삭임이자, 우리 영혼에게 말을 거는 것. 마치 희미한 빛이 그림자를 두려워하며 떨듯이, 그 목소리는 우리의 침묵에 몸을 내맡긴다."

침착하지 못한 이가 말하기를,

"우리는 아름다움이 산속에서 고함치는 소리를 들었다. 그와 함께 달리는 말발굽 소리와 날개가 펄럭이는 소리, 사자가 으르렁거리는 소리도 들려왔다."

밤이면 도시를 지키는 파수꾼이 말하기를,

"아름다움은 새벽빛과 함께 동쪽에서 떠오르는 것."

낮이면 열심히 일하는 노동자와 떠도는 나그네가 말하기를,

"우리는 해질녘 창가에서 아름다움이 땅에 몸을 기대는 모습을 보았다."

겨울이면 눈 속에 갇히는 이가 말하기를,

"아름다움은 봄에 찾아와 저 언덕 위로 뛰어오를 것이다."

여름이면 뜨거운 볕 아래 수확하는 이가 말하기를,

"우리는 아름다움이 가을 낙엽과 함께 춤추는 모습을 보았다. 그 머리카락 사이로 눈이 휘날리는 모습도."

이 모두가 아름다움을 이야기한 것입니다. 허나 진정 그대들이 이야기한 것은 아름다움이 아니라 채우지 못한 욕구일 뿐입니다. 무릇 아름다움이란 욕구가 아니라 황홀한 기쁨입니다.

그것은 목마른 입도, 앞으로 내민 빈손도 아닙니다. 오히려 불타는 가슴이자 마법에 걸린 영혼인 것입니다.

아름다움은 그대들이 보았던 영상도, 즐겨 듣던 노래도 아닙니다. 오히려 눈을 감아도 보이는 영상이자, 귀를 막아도 들리는 노래인 것입니다.

아름다움은 주름진 나무껍질 안에 흐르는 수액도, 발톱에 붙은 날개도 아닙니다. 오히려 늘 꽃이 피어 있는 정원이자, 늘 날고 있는 천사의 무리인 것입니다.

오팔리즈 시민들이여, 아름다움이란 생명이 그 거룩한 얼굴에 드리운 장막을 걷어 낸 모습입니다.

허나 그대들이 그 생명이자 장막이기도 합니다.
아름다움이란 거울 속 제 자신을 들여다보고 있는 영원.
허나 그대들이 이 영원이자 거울이기도 합니다.

종교에 대하여

이번에는 나이 든 사제가 말했다.

"종교에 대하여 말씀해 주십시오."

그가 대답했다.

오늘 내가 말한 것이 종교가 아니고 무엇이겠습니까.

종교란 모든 행위이자 모든 생각이 아닙니까. 행동도 생각도 아니라면, 종교는 그대들의 손이 돌을 자르거나 베틀을 만지는 순간에도 영혼에서 늘 솟아나는 경탄이자 놀라움이 아닙니까.

그 누가 행동과 믿음을 나누고, 직업과 신념을 나눌 수 있겠습니까.

그 누가 감히 제 시간을 눈앞에 펼쳐 놓고 이렇게 말할 수 있겠습니까.

"이 시간은 신의 것이며 이 시간은 나의 것. 이 시간은 내 영혼의 것이니 이 시간은 내 몸의 것이 아니겠는가."

그대들의 시간이란 모두 허공을 가르며 이 자아에서 저 자아로 날아가는 날개일 뿐.

자신의 도덕을 보기 좋은 옷으로만 걸치려는 자는 차라리 벌거벗은 편이 나을 것입니다.

그렇다고 해서 바람이나 태양이 그의 살갗에 구멍을 내지는 않을 것이니.

자신의 행동에 윤리의 잣대를 들이미는 자는 노래하는 새를 새장에 가두는 것입니다.

무릇 자유로운 노래는 창살이나 철조망 사이로는 아니 나오는 법입니다.

열리자마자 곧바로 닫히는 창문처럼 예배를 올리는 이는 영혼의 집을 아직 찾지 못한 사람입니다. 이 새벽에서 저 새벽까지 창이 이어지는 그 집을.

그대들의 일상이야말로 그대들의 사원이자 종교입니다.

그러니 그 속에 들어갈 때마다 그대들 전부를 가지고 들어가십시오.

쟁기와 풀무, 망치, 기타도. 필요에 의해 만든 것도, 기쁨을 얻기 위해 만든 것도.

아무리 상상을 하더라도 그대들은 자신이 이룬 결과보다 더 높이 오를 수도, 자신이 경험한 실패보다 더 낮은 곳으로 내려갈 수도 없기 때문입니다.

또 모든 이와 함께 가십시오.

아무리 찬미를 아끼지 않더라도 그대들은 이들의 희망보다 더 높이 날아오를 수도, 이들의 절망보다 스스로를 더 낮출 수도 없기 때문입니다.

그대들이 신에 대해 알고자 한다면, 수수께끼를 풀려고 하지 마십시오.

차라리 자신을 돌아보십시오. 그때야 비로소 그분이 그대 아이들과 함께 노는 모습을 볼 것입니다.

그리고 하늘을 바라보십시오.

그분이 구름 속을 거닐며 번개로 팔을 뻗은 후에 비와 함께 내려오시는 모습을 볼 것입니다.

그대들은 그분이 꽃 속에서 미소 지으시다가, 높이 솟아올라 나무 사이에서 손을 흔드시는 모습을 볼 것입니다.

죽음에 대하여

이번에는 알미트라가 말했다.

"이제 죽음이 무엇인지 묻고자 합니다."

그가 대답했다.

그대들은 죽음의 비밀을 알고 싶어 합니다.

허나 삶의 마음속에서 죽음을 구하지 않는다면 그 비밀을 어찌 찾을 수 있겠습니까.

밤 안에 갇혀 있는 올빼미는 낮에는 눈이 멀어 빛의 신비를 밝힐 수 없지 않습니까.

정녕 그대들이 죽음의 영혼을 볼 수 있다면, 삶의 몸을 향해서도 마음을 활짝 여십시오.

강과 바다가 하나인 것처럼 삶과 죽음 또한 하나이기 때문입니다.

그대들의 희망과 소망이 깊이 자리한 곳에는 저 너머 세상에 대한 깨달음도 가만히 누워 있습니다. 그대들의 마음은 눈 속에서 꿈꾸는 씨앗처럼 봄을 꿈꿉니다.

그러니 꿈을 믿으십시오. 꿈속에 영원으로 가는 문이 숨어 있으니.

죽음에 대한 두려움이란 그저 양치기가 영광스러운 손길을 기다리며 왕 앞에 설 때의 떨림에 불과합니다.

양치기는 왕의 은총을 입게 되었으니 떨리는 와중에도 어찌 기쁘지 않겠습니까.

허니 떨리는 감각에 더더욱 신경이 쓰일 수밖에요.

죽는다는 것은 무엇입니까. 그저 바람 속에 벌거벗고 서 있는 것이자, 태양 아래 몸을 녹이는 것일 뿐.

숨이 멈춘다는 것은 무엇입니까. 그저 끊임없이 흐르는 물결에서 벗어나 숨이 자유로워지는 것이자, 날아오르고 부풀어 올라 아무런 장애물 없이 신을 찾아가는 것일 뿐.

그대들은 침묵의 강물을 마신 후에야 진정한 노래를 부를 것

입니다.

   산꼭대기에 이른 후에야 비로소 올라가기 시작할 것입니다.

   그대들의 팔다리가 땅의 것이 된 후에야 진실로 춤추게 될 것입니다.

작별

이윽고 저녁이 되었다.

그러자 선지자 알미트라가 말했다.

"오늘 이 자리에 축복이 있기를. 지금껏 말씀하신 그대의 영혼에도 축복이 깃들기를."

이에 그가 대답했다.

"내가 과연 말하는 자였습니까. 나 또한 여러분과 함께 듣는 자가 아니었나요."

그리고 그가 사원의 계단을 내려가자 모든 이가 그를 따라갔다.

배에 당도한 그는 갑판 위에 올라섰다.

그러고는 다시 사람들을 향해 소리 높여 외쳤다.

오팔리즈 시민들이여, 바람이 나더러 그대들을 떠나라고 재촉합니다.

나는 바람만큼 급할 것은 없으나 이제는 가야만 합니다.

우리 나그네들은 늘 외로운 길을 찾아 떠나기에, 하루를 마친 곳에서 새날을 맞지 않습니다. 저녁 빛은 우리를 떠나보낸 곳에서 아침 빛을 맞게 하지 않습니다.

땅이 잠들어 있을 때에도 우리는 길을 떠납니다.

우리는 생명력이 강한 씨앗이니, 우리 가슴이 무르익고 그윽해질 때면 바람에 몸을 맡겨 흩어질 것입니다.

내가 그대들과 보낸 나날은 짧았으며, 내가 한 말은 더더욱 짧았습니다.

허나 내 목소리가 그대들 귓가에서 희미해지고 내 사랑이 그대들 기억 속에서 사라지게 되면, 그때 나는 다시 올 것입니다. 그리고 더욱 넉넉한 가슴으로, 영혼을 가득 채워 주는 입술로 말할 것입니다.

그렇고말고요. 나는 물결을 타고 돌아오겠습니다. 비록 죽음이 나를 가리고 거대한 침묵이 나를 감싸 안더라도, 그대들을 다시 일깨우려 애쓰겠습니다.

그리고 그런 노력은 헛되지 않을 것입니다.

내가 무엇을 말하든 그것이 진실이라면, 그 진실은 더욱 또렷한 목소리로, 그대들 생각에 더욱 가까운 언어로 제 모습을 드러낼 것이기 때문입니다.

오팔리즈 시민들이여, 나는 바람과 함께 가지만 허공으로 떨어지는 것은 아닙니다.

혹여 오늘 그대들 욕구와 내 사랑이 채워지지 않더라도, 또 다른 날을 기약하도록 합시다.

인간의 욕구는 변하는 법이지만, 사랑과 깊은 소망은 변하지 않으니 사랑이 우리의 욕구를 채워 줄 것입니다.

그러니 기억해 두십시오. 내가 저 깊은 침묵에서 돌아오리라는 것을.

안개는 새벽에 이리저리 떠돌다가 들판에 이슬로 남을 뿐이지만, 결국 날아올라 구름이 되어 비로 내릴 것입니다.

나 또한 이 안개와 다름이 없습니다.

밤의 고요 속에서 나는 그대들의 거리를 거닐었고, 내 영혼은 그대들의 집을 찾았습니다. 그대들의 심장이 내 심장 속에서 뛰었고, 그대들의 숨결이 내 얼굴에 와 닿았으니, 나는 그대들을 다 압니다.

아아, 나는 그대들의 기쁨과 고통을 알고 있으며, 그대들의 잠 속에서 그대들의 꿈은 곧 내 꿈이었습니다.

때로 나는 산속에 있는 호수처럼 그대들 속에 있었습니다.

나는 그대들 속에 자리한 산꼭대기와 구부러진 산비탈을 비추었고, 떼 지어 지나가는 그대들의 생각과 소망까지 비추었습니다.

가만히 있으면 그대 아이들의 웃음소리가 시냇물처럼 밀려왔고 그대 젊은이들의 갈망이 강물처럼 밀려왔습니다.

그것들이 내 안 깊은 곳에 닿았을 때도 시냇물과 강물은 노래를 멈추지 않았습니다.

오히려 웃음소리보다 더욱 달콤한 것이, 열망보다 더욱 뜨거운 것이 나를 덮쳤습니다.

그것은 그대들 안에 무한히 존재해 왔습니다.

거대한 인간인 그분 안에서 그대들은 한낱 세포이자 힘줄이며, 그분 안에서 그대들의 모든 노랫소리는 한낱 소리 없는 두근거림입니다.

그대들은 이 거대한 인간 속에서 거대해집니다. 그러니 나는 그분을 들여다봄으로써 그대들을 보고 또 사랑하게 되었습니다.

그렇지 않다면 이 광대한 영역에도 없는 사랑이 그렇게 멀리까지 가닿을 수 있겠습니까.

그 어떤 환상, 그 어떤 기대, 그 어떤 추측이 저 비행보다 높이 날아오를 수 있겠습니까.

사과 꽃에 뒤덮인 키 큰 참나무처럼 그대들 안에는 거대한 인간이 있습니다.

그의 힘이 그대들을 이 땅에 묶고, 그의 향기가 그대들을 우주로 들어 올립니다. 또한 그의 질긴 생명력 속에서 그대들은 결코 죽지 않을 것입니다.

그대들은 이 말을 들었을 것입니다. 그대들이 쇠사슬이라 하여도 약한 쇠사슬이며, 그중에서도 가장 연약한 고리라는 것을.

허나 이것은 절반만이 진실입니다. 그대들은 강한 쇠사슬이기도 하며 그중에서도 가장 강건한 고리이기도 합니다.

하찮은 행위로 그대 자신을 재단하는 것은 덧없는 거품으로 바다의 힘을 헤아리는 것과 같습니다.

그대가 저지른 실패로 그대 자신을 판단하는 것은 쉬이 변한다고 계절을 헐뜯는 것이나 마찬가지입니다.

그렇습니다. 그대들은 드넓은 바다와 같습니다. 무거운 짐을 가득 실은 배가 바닷가에서 물때를 기다릴지라도, 그대들이 바다처럼 물때를 서두를 수는 없습니다.

그대들은 계절과도 같습니다. 그대들이 겨울 안에서 봄을 밀어낼지라도, 봄은 그대들 속에 누워 나른히 미소 지으며 화내지도 않을 것입니다.

허나 내가 이 말을 했다고 해서, 그대들이 서로 "그분께서는 우리를 칭찬해 주시며, 우리의 좋은 면만 보신다"라는 말을 해도 좋다 생각하지는 마십시오.

그저 나는 그대들 스스로가 생각으로 아는 바를 말로 한 것뿐이니.

말로 아는 지식이란 말 없는 지식의 그림자에 불과한 것이 아닙니까.

그대들 생각과 내 말은 봉인된 기억에서 물결치는 파도입니다. 그 기억에는 우리 지난날이 기록되어 있습니다. 이 땅이 우리뿐만 아니라 스스로를 몰랐던 옛날도, 땅이 혼돈으로 어지러웠던 시절의 밤도 기록되어 있습니다.

현명한 이라면 그대들에게 지혜를 나누어 주기 위해 왔을 것입니다.

나는 그대들의 지혜를 빼앗으려 왔습니다. 그런데 보십시오. 내가 더 큰 것을 찾지 않았습니까.

그것은 그대들 안에서 점점 모여 불타오르는 영혼의 불꽃입니다. 허나 그대들은 그 불꽃을 활활 지피는 것에는 관심이 없고 그대들의 나날이 시들어 가는 것만을 슬퍼하고 있습니다.

이는 생명이 무덤을 두려워하는 몸속에 갇혀 생명을 찾아다니는 것이나 마찬가지입니다.

허나 여기에 무덤은 없습니다.

이 산맥과 초원은 요람이자 디딤돌일 뿐입니다. 그대들의 조상들이 누워 있는 들판을 지날 때마다, 그대들은 스스로의 모습을 볼 것이며 그대 아이들이 손잡고 춤추는 모습을 볼 것입니다.

정녕 그대들은 알지 못하면서도 기뻐할 때가 많습니다.

다른 이라면 그대들에게 찾아와 부와 힘, 영광만을 주겠다고 황금빛 약속을 했을 것입니다.

내가 그보다 보잘것없는 약속을 주었음에도 불구하고, 그대들은 내게 더 큰 넉넉함을 베풀었습니다.

그대들이 나에게 준 것은 생명에 대한 깊은 목마름이었습니다.

진정 인간에게 이보다 더 큰 선물은 없으니. 이처럼 모든 목적을 타오르는 입술로, 모든 생명을 솟아오르는 샘으로 뒤바꾸는 것보다 더 값진 선물은 없습니다.

그 속에 내 영광과 보상이 존재합니다. 내가 목을 축이러 샘을 찾을 때마다 살아 있는 샘물 자체가 목마름이 됩니다.

내가 샘물을 마시면 샘물도 나를 마셔 버리게 됩니다.

그대들 가운데 어떤 이는 내가 오만하거나 지나치게 수줍어 선물을 아니 받는다고 생각합니다.

허나 내가 일한 대가를 받을 때 자존심을 내세울지는 몰라도 선물을 받을 때는 그렇지 않습니다.

참으로 내가 그대들의 식탁에 초대받았을 때 산에서 산딸기를 따 먹었습니다.

그대들이 잠자리를 내어 준다 했을 때 사원 문간에서 잠들기는 했습니다.

그래도 내 낮과 밤을 생각해 주는 그대들의 다정한 배려가 없었다면, 내 어찌 달콤한 음식을 입으로 맛보고 상상 속에서 단잠을 청할 수 있었겠습니까.

그러니 나는 그대들을 한없이 축복합니다.

그대들은 많은 것을 베풀었으나 그대들이 무엇을 베풀었는지 전혀 모릅니다.

진실로 거울 속 제 모습만 들여다보는 친절은 돌이 되어 버릴 것이며, 자신의 이름을 드높이기 위한 선행은 저주를 낳는 부모가 될 것입니다.

그대들 가운데 어떤 이는 나를 초연한 사람이라 부릅니다. 또한 내가 나만의 고독에 취해 있다 하며 이렇게 말합니다.
"그는 숲속 나무와는 어울려도 인간들과는 어울리지 않아. 그저 산꼭대기에 홀로 앉아 우리 도시를 내려다볼 뿐이지."
참으로 나는 산을 올랐고 먼 곳을 돌아다녔습니다. 허나 내가 높은 곳에 오르지 않거나 먼 거리를 다니지 않았다면 그대들을 어찌 볼 수 있었겠습니까.
멀리 서 보지도 않고 어찌 진정 가까워질 수 있겠습니까.

그런데도 그대들 가운데 어떤 이는 아무 말 없이 나를 찾아와서는 말합니다.
"낯선 분이시여, 낯선 분이시여. 닿을 수 없는 곳을 사랑하시는 분이시여, 어찌하여 그대는 독수리가 둥지를 트는 산꼭대기에서 살고 계십니까.
어찌하여 이룰 수 없는 것을 찾으십니까. 그 어떤 폭풍을 그대의 그물 안에 가두려 하며, 그 어떤 덧없는 새를 하늘에서 잡으려 합니까.

이리 와서 우리와 함께 살아갑시다.

내려가서 그대의 배고픔을 우리의 빵으로 채우고 그대의 목마름을 우리의 포도주로 달랩시다."

이들은 영혼의 고독으로 말미암아 이런 말을 합니다.

허나 그 고독이 더욱 깊어진다면 이들은 알게 될 것입니다. 나는 그대들의 기쁨과 고통의 비밀을 좇고 있었을 뿐이며, 하늘을 거니는 그대들의 더 큰 자아를 사냥하고 있었을 뿐임을.

허나 사냥꾼은 사냥을 당하는 자이기도 하니.

내 활을 떠난 무수한 화살들이 내 가슴을 좇아 왔습니다.

날아가는 자는 기어가는 자이기도 하니, 내가 태양 아래 두 날개를 펼쳤을 때 땅에 비친 그 그림자는 거북의 모습이었습니다.

믿는 자는 의심하는 자이기도 하니.

나는 그대들에게 보다 큰 믿음을 심어 주고 보다 큰 지식을 얻기 위해 내 상처에 스스로 손가락을 넣어야 할 때가 많았습니다.

이렇게 얻은 믿음과 지식으로 내 말하노니, 그대들은 그대들 몸 안에 갇힌 것도, 집이나 들판에 갇힌 것도 아닙니다. 바로 그대들이라는 존재는 산 위에 살며 바람 따라 방랑하는 것입니다.

그것은 따뜻함을 찾아 햇볕 속으로 기어들지도, 안전함을 찾아 어두운 구멍을 파지도 않습니다. 자유로운 존재이자 땅을 감싸고 하늘을 누비는 영혼인 것입니다.

이런 말이 모호하게 다가올지라도 그 뜻을 또렷하게 밝히려고 애쓰지는 마십시오.
만물의 시작은 모호하고 흐릿한 것이나, 그 끝 또한 그런 것은 아닙니다. 그러니 그대들이 나를 시작으로 기억해 주기를 바랍니다.
생명, 그리고 살아 있는 모든 것이란 딱딱한 결정체가 아니라, 안개 속에서 태어나는 것입니다.

그대들이 나를 추억하며 이것만은 기억하기를 바랍니다.
결정체도 희미해져 가는 안개에 불과할 수 있음을 그 누가 알겠습니까.
그대들 안에서 가장 연약하고 갈팡질팡하는 것은 사실 가장 튼튼하고 굳센 존재임을.
그대들의 뼈대를 일으켜 세우고 단단하게 하는 것은 그대들의 숨결이 아니겠습니까. 또 그대들의 도시를 세우고 그 안에 모든 건물을 짓는 것은 그대들 가운데 그 누구도 기억하지 못하는 꿈이 아닙니까.

그대들이 드나드는 숨결을 볼 수만 있다면 다른 모든 것은 보지 않을 것이며, 꿈의 속삭임을 들을 수 있다면 다른 소리는 듣지 않을 것입니다.

허나 그대들은 보지도, 듣지도 못할 것입니다.
또 그것은 당연합니다. 그대들의 눈을 가린 장막은 장막을 짠 손이 거두어야 할 것이며, 그대들의 귀를 막은 흙은 그 흙을 반죽한 손가락이 뚫어야 할 것입니다.
그러면 그제야 그대들은 보게 될 것입니다.
그러면 그제야 그대들은 듣게 될 것입니다.
그러나 그대들은 눈이 멀었다는 것을 슬퍼하지도, 귀가 멀었다는 것을 슬퍼하지 않겠지요.
허나 만물의 숨은 목적을 깨닫는 그날이 오면, 그대들은 빛을 축복하듯 어둠도 축복할 것입니다.

이 말을 한 후에 그는 주위를 둘러보았다. 그가 올라탈 배의 선장이 방향타 옆에 서서 가득 부푼 돛을 보다가 저 먼 곳을 바라보는 모습이 눈에 들어왔다.
그래서 그가 말했다.
배의 선장이여, 참고 또 참았구려.

바람은 불고 돛은 쉴 새 없이 펄럭입니다.

방향타도 명령을 기다리고 있습니다.

그런데도 선장은 내가 침묵하기를 묵묵히 기다리고 있었습니다.

드넓은 바다의 합창을 들은 선원들도 내 말을 끈기 있게 듣고 있었습니다.

이제 이들도 더 이상 기다리지 못하리니.

이제 나도 준비가 되었습니다.

강물이 바다에 이르렀으니, 위대한 어머니는 아들을 품 안에 다시 한번 안을 것입니다.

잘 계시오, 오팔리즈 시민들이여. 작별의 날이 끝났습니다.

마치 수련이 내일을 위해 지듯이 오늘은 우리를 위해 저물었습니다.

우리는 여기에서 우리에게 주어진 것을 간직할 것입니다. 그것이 충분하지 않다면, 우리는 다시 모여 주시는 이에게 함께 두 손을 내밀어야 할 것입니다.

잊지 마십시오. 나는 다시 돌아올 것입니다.

잠시만 있으면 내 갈망이 티끌과 거품으로 쌓여 또 다른 몸을 이룰 것입니다.

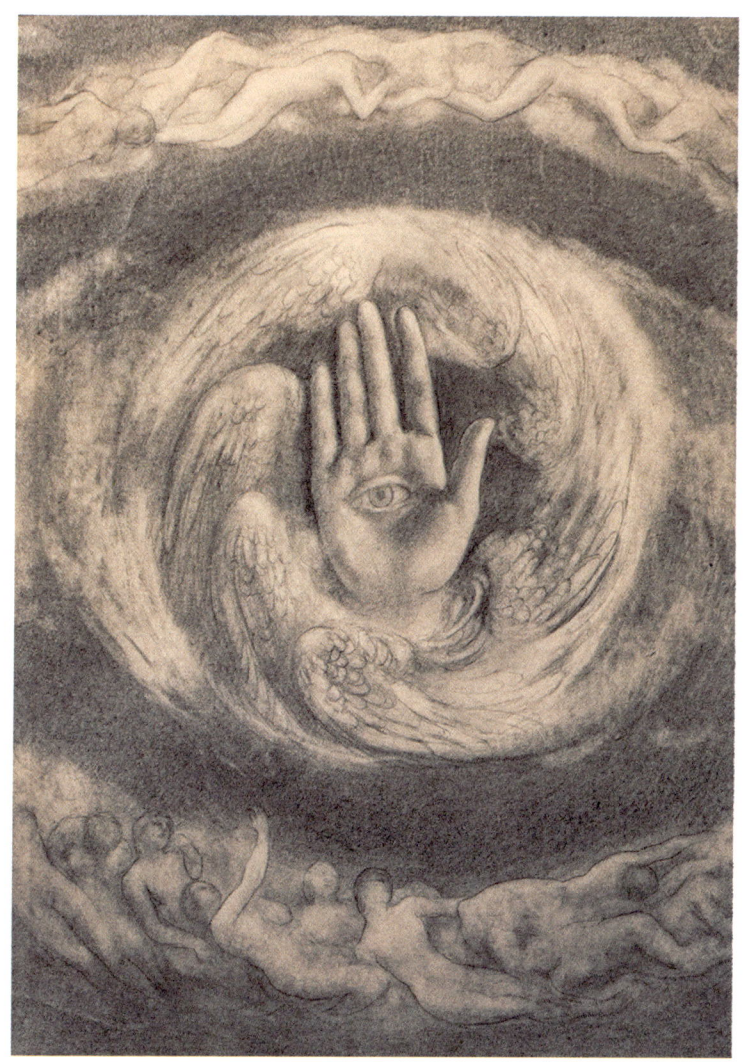

잠시만 있으면 바람결에 한숨을 돌리다가 또 다른 여인이 나를 낳을 것입니다.

그대들이여, 안녕히. 내 그대들과 보냈던 젊음도 안녕히.
우리가 꿈속에서 만났던 것도 다 어제의 일.
내가 홀로 있을 때 그대들이 노래를 불러 주었고, 그대들의 갈망으로 나는 하늘에 탑 하나를 세웠습니다.
허나 이제 우리의 잠은 달아났고 우리의 꿈은 흩어졌으니, 더 이상의 새벽은 없습니다.
한낮이 다가와 우리의 희미한 정신을 활짝 깨웠으니, 이제 우리는 헤어져야 합니다.
혹여 기억의 어스름 속에서 우리가 다시 한번 만날 수 있다면, 우리 다시 함께 이야기를 나누고 그대들은 나에게 보다 그윽한 노래를 불러야 할 것입니다.
혹여 우리의 손이 또 다른 꿈속에서 맞닿는다면, 우리는 하늘에 또 다른 탑을 세워야 할 것입니다.
그는 이런 말을 하면서 뱃사람들에게 신호를 보냈다. 그들이 즉시 닻을 올리고 매어 둔 밧줄을 풀자 배는 동쪽으로 나아가기 시작했다.
그때 울음소리가 한 사람의 가슴에서 나오듯이 사람들 사이에서 터져 나왔다. 땅거미에서 떠오른 그 소리는 거대한 나팔 소리처럼 바다 위로 울려 퍼졌다.

다만 알미트라만이 가만히 서서 배가 안개 속으로 사라질 때까지 지켜보고 있었다.

사람들이 모두 흩어진 후에도 그녀는 홀로 방파제 위에 서서 그의 말을 가슴속에 되새기고 있었다.

"잠시만 있으면 바람결에 한숨을 돌리다가 또 다른 여인이 나를 낳을 것입니다."

| 작품 해설 |

모든 이의 가슴을 울리는 치유의 메시지
레바논을 빛낸 20세기 예언자 칼릴 지브란

칼릴 지브란은 1883년 레바논 북부 지방의 작은 마을, 베샤르에서 태어났다.

그는 어린 나이부터 예술적 재능과 섬세한 감수성을 보이기 시작했는데, 네 살 무렵 종이를 땅에 묻고는 싹이 나오기를 기다렸다고 한다. 또한 석탄 부스러기로 벽에 그림을 그리기 시작하는 등 학교에 들어가기 전부터 홀로 그림 그리기에 열중했다고도 한다.

어린 지브란은 베샤르의 산과 숲, 언덕에서 뛰놀며 예술적인 상상력을 키워 나갔다. 베샤르는 아름다운 자연 풍광을 자랑하는 마을이다.

작열하는 그곳의 태양, 산에 늘어선 사이프러스 나무, 깊은 골짜기, 포도밭에서 일하는 사람들의 모습은 지브란에게 깊은 인상을 남겼다.

그는 어린 시절에 만끽한 고향의 풍경에 애정을 품었으며 이러한 애정은 마을의 이미지들을 표현한 그의 그림과 글에서 잘 드러난다. 고향의 모습이 작가의 작품 세계에서 큰 영향력을 미친 이유는 아마도 그가 어린 나이에 쫓기듯 고향을 떠나야 했기 때문일 것이다.

지브란의 아버지는 세무 관리를 담당했다. 지브란이 열두 살 때, 그의 아버지는 업무상의 실수로 경찰에 끌려가 투옥되었다. 설상가상으로 전 재산을 몰수당하여 오갈 데가 없어진 가족들은 어쩔 수 없이 레바논을 떠나 미국으로 이민을 가야 했다.

이후 지브란은 고향에 대한 그리움을 품고 일생의 대부분을 타국인 미국에서 보냈다. 미국 시민권도 취득하지 못한 채 이방인의 신분으로 그림을 그렸으며 영어로 글을 써서 그곳 예술계의 인정을 받았다. 이와 동시에 아랍 어로 쓴 책을 발표하면서 레바논에서도 영향력 있는 작가로 자리매김했다.

이처럼 지브란은 온전히 미국에 속한 것도, 온전히 레바논에 속한 것도 아니기에 예술가로서 애매모호한 정체성을 보여 준다. 마찬가지로 그의 작품 세계도 특정 장르나 유파로 규정되지 않는 모호성을 보여 주는데, 특히 그의 글은 기존 서양의 문학적 장르나 잣대로 평가하기가 불가능하다.

한 예로 지브란의 대표작《예언자》는 단순한 에세이도 아니고 시나 소설, 철학서라는 장르로도 규정지을 수 없다. 때문에 세계적으로 선풍적인 인기를 끈 작품이지만 영문학에서 애매한 위치에 있다. 이와 같은 특징은 레바논과 미국 사이에 끼어 있는 지브란의 불분명한 정체성이 드러난 것으로 볼 수 있다.

하지만 지브란 특유의 감수성과 독특한 예술적 가치관이 그의 작품에 더 큰 영향력을 행사한 것이라 할 수 있다.

그는 그림을 그리는 그림쟁이나 글을 쓰는 글쟁이가 아니라, 언제나 그 이상이 되고 싶어 했다. 단순히 예술을 잘 하는 예술가가 아니라, 삶의 의미를 탐색하는 '구도자'이자 그렇게 얻은 영적 깨달음을 대중에게 전하는 '예언자' 역할을 수행하고 싶었던 것이다.

《예언자》가 나오기까지의 과정

칼릴 지브란의 대표작《예언자》는 그의 가치관과 예술가로서의 역량이 집약적으로 녹아 있는 작품이다.

'이 작은 책을 위해 평생을 보냈다'고 표현한 지브란은 이십 년이 넘는 오랜 세월을 들여 작품을 완성했다. 작품의 구상과 집필은 그가 사춘기 때부터 시작되었다.

작가는 열다섯 살의 나이에 그리웠던 고향으로 돌아가 홀로 삼 년 남짓한 시간을 보냈다. 그 와중에 그곳 대학에서 아랍 문학을 공부하며 《예언자》의 밑바탕이 될 《좋은 세상을 위하여》를 집필했다. 이 원고를 어머니에게 보여 준 지브란은 좋은 작품이지만 아이디어를 더욱 숙성시키라는 충고를 받았다. 그 충고를 받아들여 자신이 작품의 메시지를 충분히 전달할 만큼 문학적으로나 정신적으로 성숙할 때까지 기다리고 또 기다렸다.

그리고 마침내 1919년부터 뉴욕에서 작품 집필에 집중적인 노력과 시간을 투자하기 시작했고, 그 결과 마흔 살이 되었던 1923년에 《예언자》를 세상에 선보였다.

2달러 25센트에 팔린 《예언자》는 세계적으로 열렬한 반향을 일으켰다. 이 책은 판매 부수가 1998년 미국에서만 900만 부에 이를 정도였고 40여 개 언어로 번역되기도 했다.

또한 출간된 지 반세기 이상이 지난 지금도 사람들의 사랑을 지속적으로 받으면서 성경에 못지않게 꾸준히 팔리고 있다. 《아라비안나이트》 이래 아랍권 출신 작가가 이토록 세계적인 주목을 받은 적은 없었다.

《예언자》가 전하는 메시지

그렇다면 《예언자》가 이토록 사람들의 마음을 울리는 비결은 무엇일까.

우선 이 책이 전하는 메시지가 시대적 상황과 요구에 맞아떨어졌기 때문이다. 작가가 '인류는 아름다움과 진실에 굶주려 있다'라고 말했듯이, 《예언자》가 발표되었던 1923년 당시 사람들은 세계 곳곳에서 일어난 종교적·정치적인 갈등과 잔인한 전쟁, 급속하게 이루어진 산업화로 몸과 마음이 피폐해진 상태였다. 그런 상황에서 이 책은 물질을 넘어선 정신성과 자연의 아름다움을 노래함으로써 지친 사람들의 마음을 달래 준 것이다. 특히 물질 만능주의에 지친 당시 미국 독자들은 동양에서 온 영적 구도자가 전하는 치유의 메시지에 자연스레 귀를 기울이게 되었다.

그러나 《예언자》의 메시지가 동양의 정신성을 동경하는 서구 독자들의 가슴만을 울리는 것은 아니었다. 그 메시지는 동양과 서양의 구분 없이 보편성을 띤다. 작품에서 지브란이 말하는 '종교'나 '신'은 기독교나 이슬람교, 불교와 같은 특정 종교에 국한된 것이 아니다. 《런던 타임스》가 《예언자》를 "기독교 사상과 불교 사상에서 좋은 것들만을 찾아내서 모아 놓은 종합편"이라고 평했듯이, 작가가 이야기하는 종교는 세상의 모든 종교를 아우르는 것이다.

신을 '무한한 바다'이자 '물결치는 파도'에 비유하며 자연과 합일된 것으로 묘사하는 부분은 이슬람의 수피교를 떠올리게

한다. 산에서 오랫동안 은둔하다가 도시로 내려와 사람들에게 깨달음의 말을 전하는 작품의 화자, '알무스타파'는 사막에서 오랜 은둔 생활을 한 후에 사람들에게 하느님의 메시지를 전했던 예수 그리스도의 모습을 연상시킨다.

그리고 죽음은 곧 삶과도 같다며 삶의 지속성을 강조하는 알무스타파의 말은 불교의 윤회 사상과 닮아 있다. 지브란이 이처럼 보편적인 종교관을 제시할 수 있었던 것은 그 자신이 종교적 분열을 혹독하게 겪었던 나라의 출신이기 때문일 것이다. 칼릴 지브란은 레바논에서 기독교와 이슬람교 간의 갈등을 눈으로 목격하면서 종교적 화합에 대한 열망을 강하게 느꼈을 것이다.

《예언자》에서 지브란이 말하는 종교란 보편성을 띠기도 하지만 근본적으로 내면의 목소리에 귀를 기울이는 것이자, 내부에서 "불타오르는 영혼의 불꽃"을 찾고 "봉인된 기억에서 물결치는 파도"를 퍼 올리는 것이다.

그는 알무스타파의 목소리를 통해 현대인들에게 피상적인 물질에 집착하지 말고 보다 깊은 정신성에 눈을 돌리라고 주문한다. 그 과정은 '모래성'처럼 쉽게 허물어지는 교회의 종교나 사회의 관습을 통해서는 이루어질 수 없다. 사람들은 내면의 목소리에 귀를 기울이고 내부의 '거룩한 자아를 향해 묵묵히 나아감'으로써 본래의 모습을 찾을 수 있는 것이다.

작가가 전하는 메시지는 어찌 보면 지나치게 낙관적이고 구태의연한 것으로 느껴질 수도 있다. 허나 그것은 작가 개인의 처절한 고통, 아픔의 경험을 거쳐 나온 것이기에 결코 공허하게 울려 퍼지는 것은 아니다.

지브란은 쫓기듯 고향 땅을 떠나야 했던 아픈 기억을 품고 타향에서 이방인으로서의 고통을 겪었고, 어린 나이에 가족들의 잇단 죽음을 목격했기 때문에 《예언자》를 쓸 수 있었다.

《예언자》가 전하는 치유의 메시지는 "긴긴날 고통"과 "긴긴밤 고독"에 몸부림쳤던 아픈 기억이자, 그 기억을 극복했기에 나올 수 있었던 아름다운 노래인 것이다. 실제로 지브란은 책을 쓰면서 고향에 대한 강렬한 그리움을 느꼈고 원인 모를 가슴 통증과 불면증에 시달렸다고 한다.

《예언자》가 고혈을 토해 내듯 나온 걸작이라 그런지 작가는 작품을 발표한 뒤에 급속도로 건강이 악화되었다. 그는 몇 년간 지독한 간경화증과 결핵에 시달리며 고통스러워하다가 마흔여덟의 나이에 죽음을 맞았다. 그리고 나서야 비로소 평생토록 그리워했던 고향땅 레바논에 돌아가 묻혔다. 알무스타파가 타지에서 기나긴 방랑의 세월을 보내고 고향 섬으로 배를 타고 돌아갔듯이.

《예언자》는 우리말 번역본이 이미 많이 나와 있으나, 이 책에서는 원작의 내용을 해치지 않는 선에서 우리말의 맛을 최대한 살려 옮기는 데 중점을 두었음을 밝힌다. 또한 이 책의 내용이 요즘 독자들에게 보다 잘 전달될 수 있도록, 알무스타파가 전하는 메시지는 높임말로 옮겼다. 사실 이 책에서 사용되는 언어나 구성이 성경의 그것과 닮았기 때문에, 번역 초반에는 우리말 성경의 명령조를 따오려고 했다. 하지만 알무스타파는 사람들을 가르치는 스승이나 지혜를 전하는 설교자를 자처하지 않는다.

그는 자신이 '말하는 자'이자 '듣는 자'이며, 자신이 전하는 말보다 오팔리즈 시민들이 자신에게 가르쳐 준 것이 더 많다고 말한다. 스승의 입장에서 시민들을 가르치는 것이 아니라 이들과 동등한 입장에서 자신의 깨달음을 나누려 한 것이다. 알무스타파의 이러한 태도가 그의 말투에 반영되어야 한다고 생각했다. 그래서 그의 말투를 높임말로 설정하되 '나'와 '그대들'이라는 대명사를 사용하여 과도한 존칭은 피했다. 이렇게 옮긴 어투가 지브란의 메시지를 효과적으로 전달하는 데 조금이나마 도움이 되었으면 한다.

유정란

The Prophet

The Coming of the Ship

Almustafa, the chosen and the beloved, who was a dawn unto his own day, had waited twelve years in the city of Orphalese for his ship that was tao return and bear him back to the isle of his birth.

And in the twelfth year, on the seventh day of Ielool, the month of reaping, he climbed the hill without the city walls and looked seaward; and he beheld his ship coming with the mist.

Then the gates of his heart were flung open, and his joy flew far over the sea. And he closed his eyes and prayed in the silences of his soul.

But as he descended the hill, a sadness came upon him, and he thought in his heart:

How shall I go in peace and without sorrow?

Nay, not without a wound in the spirit shall I leave this city.

Long were the days of pain I have spent within its walls, and long were the nights of aloneness; and who can depart from his pain and his aloneness without regret?

Too many fragments of the spirit have I scattered in these streets, and too many are the children of my longing that walk naked among these hills, and I cannot withdraw from them without a burden and an ache.

It is not a garment I cast off this day, but a skin that I tear with my own hands.

Nor is it a thought I leave behind me, but a heart made sweet with hunger and with thirst.

Yet I cannot tarry longer.

The sea that calls all things unto her calls me, and I must embark.

For to stay, though the hours burn in the night, is to freeze and crystallize and be bound in a mould.

Fain would I take with me all that is here. But how shall I?

A voice cannot carry the tongue and the lips that gave it wings.

Alone must it seek the ether.

And alone and without his nest shall the eagle fly across the sun.

Now when he reached the foot of the hill, he turned again towards the sea, and he saw his ship approaching the harbour, and upon her prow the mariners, the men of his own land.

And his soul cried out to them, and he said:

Sons of my ancient mother, you riders of the tides, How often have you sailed in my dreams.

And now you come in my awakening, which is my deeper dream.

Ready am I to go, and my eagerness with sails full set awaits the wind.

Only another breath will I breathe in this still air, only another loving look cast backward, And then I shall stand among you, a seafarer among seafarers.

And you, vast sea, sleepless mother, Who alone are peace and freedom to the river and the stream, Only another winding will this stream make, only another murmur in this glade, And then I shall come to you, a boundless drop to a boundless ocean.

And as he walked he saw from afar men and women leaving their fields and their vineyards and hastening towards the city gates.

And he heard their voices calling his name, and shouting from field to field telling one another of the coming of his ship.

And he said to himself:

Shall the day of parting be the day of gathering?

And shall it be said that my eve was in truth my dawn?

And what shall I give unto him who has left his slough in midfurrow, or to him who has stopped the wheel of his winepress?

Shall my heart become a tree heavy-laden with fruit that I may gather and give unto them?

And shall my desires flow like a fountain that I may fill their cups?

Am I a harp that the hand of the mighty may touch me, or a flute that his breath may pass through me?

A seeker of silences am I, and what treasure have I found in silences that I may dispense with confidence?

If this is my day of harvest, in what fields have I sowed the seed, and in what unremembered seasons?

If this indeed be the hour in which I lift up my lantern, it is not my flame that shall burn therein.

Empty and dark shall I raise my lantern, And the guardian of the night shall fill it with oil and he shall light it also.

These things he said in words.

But much in his heart remained unsaid.

For he himself could not speak his deeper secret.

And when he entered into the city all the people came to meet him, and they were crying out to him as with one voice.

And the elders of the city stood forth and said:

Go not yet away from us.

A noontide have you been in our twilight, and your youth has given us dreams to dream.

No stranger are you among us, nor a guest, but our son and our dearly beloved.

Suffer not yet our eyes to hunger for your face.

And the priests and the priestesses said unto him:

Let not the waves of the sea separate us now, and the years you have spent in our midst become a memory.

You have walked among us a spirit, and your shadow has been a light upon our faces.

Much have we loved you.

But speechless was our love, and with veils has it been veiled.

Yet now it cries aloud unto you, and would stand revealed before you.

And ever has it been that love knows not its own depth until the hour of separation.

And others came also and entreated him.

But he answered them not.

He only bent his head; and those who stood near saw his tears falling upon his breast.

And he and the people proceeded towards the great square before the temple.

And there came out of the sanctuary a woman whose name was Almitra.

And she was a seeress.

And he looked upon her with exceeding tenderness, for it was she who had first sought and believed in him when he had been but a day in their city.

And she hailed him, saying:

Prophet of God, in quest of the uttermost, long have you searched the distances for your ship.

And now your ship has come, and you must needs go.

Deep is your longing for the land of your memories and the dwelling-place of your greater desires; and our love would not bind you nor our needs hold you.

Yet this we ask ere you leave us, that you speak to us and give us of your truth. And we will give it unto our children, and they unto their children, and it shall not perish.

In your aloneness you have watched with our days, and in your wakefulness you have listened to the weeping and the laughter of our sleep.

Now therefore disclose us to ourselves, and tell us all that has been shown you of that which is between birth and death.

And he answered:

People of Orphalese, of what can I speak save of that which is even now moving within your souls?

On Love

Then said Almitra, "Speak to us of Love."

And he raised his head and looked upon the people, and there fell a stillness upon them.

And with a great voice he said:

When love beckons to you, follow him, Though his ways are hard and steep.

And when his wings enfold you yield to him, Though the sword hidden among his pinions may wound you.

And when he speaks to you believe in him, Though his voice may shatter your dreams as the north wind lays waste the garden.

For even as love crowns you so shall he crucify you.

Even as he is for your growth so is he for your pruning.

Even as he ascends to your height and caresses your tenderest branches that quiver in the sun, So shall he descend to your roots and shake them in their clinging to the earth.

Like sheaves of corn he gathers you unto himself.

He threshes you to make you naked.

He sifts you to free you from your husks.

He grinds you to whiteness.

He kneads you until you are pliant;

And then he assigns you to his sacred fire, that you may become sacred bread for God's sacred feast.

All these things shall love do unto you that you may know the secrets of your heart, and in that knowledge become a fragment of Life's heart.

But if in your fear you would seek only love's peace and love's pleasure, Then it is better for you that you cover your nakedness and pass out of love's threshing-floor, Into the seasonless world where you shall laugh, but not all of your laughter, and weep, but not all of your tears.

Love gives naught but itself and takes naught but from itself. Love possesses not nor would it be possessed;

For love is sufficient unto love.

When you love you should not say, "God is in my heart,"

but rather, "I am in the heart of God."

And think not you can direct the course of love, for love, if it finds you worthy, directs your course.

Love has no other desire but to fulfill itself.

But if you love and must needs have desires, let these be your desires:

To melt and be like a running brook that sings its melody to the night.

To know the pain of too much tenderness.

To be wounded by your own understanding of love;

And to bleed willingly and joyfully.

To wake at dawn with a winged heart and give thanks for another day of loving;

To rest at the noon hour and meditate love's ecstasy;

To return home at eventide with gratitude;

And then to sleep with a prayer for the beloved in your heart and a song of praise upon your lips.

On Marriage

Then Almitra spoke again and said,

"And what of Marriage, master?"

And he answered saying:

You were born together, and together you shall be forevermore.

You shall be together when the white wings of death scatter your days.

Aye, you shall be together even in the silent memory of God. But let there be spaces in your togetherness.

And let the winds of the heavens dance between you.

Love one another, but make not a bond of love:

Let it rather be a moving sea between the shores of your souls.

Fill each other's cup but drink not from one cup.

Give one another of your bread but eat not from the same loaf.

Sing and dance together and be joyous, but let each one of you be alone, even as the strings of a lute are alone though they quiver with the same music.

Give your hearts, but not into each other's keeping.

For only the hand of Life can contain your hearts.

And stand together yet not too near together:

For the pillars of the temple stand apart, And the oak tree and the cypress grow not in each other's shadow.

On Children

And a woman who held a babe against her bosom said, "Speak to us of Children."

And he said: Your children are not your children.

They are the sons and daughters of Life's longing for itself.

They come through you but not from you, And though they are with you yet they belong not to you.

You may give them your love but not your thoughts, For they have their own thoughts.

You may house their bodies but not their souls, For their souls dwell in the house of tomorrow, which you cannot visit, not even in your dreams.

You may strive to be like them, but seek not to make them like you.

For life goes not backward nor tarries with yesterday.

You are the bows from which your children as living arrows are sent forth.

The archer sees the mark upon the path of the infinite, and He bends you with His might that His arrows may go swift and far.

Let your bending in the Archer's hand be for gladness;

For even as He loves the arrow that flies, so He loves also the bow that is stable.

On Giving

Then said a rich man, "Speak to us of Giving."

And he answered:

You give but little when you give of your possessions.

It is when you give of yourself that you truly give.

For what are your possessions but things you keep and guard for fear you may need them tomorrow?

And tomorrow, what shall tomorrow bring to the overprudent dog burying bones in the trackless sand as he follows the pilgrims to the holy city?

And what is fear of need but need itself?

Is not dread of thirst when your well is full, the thirst that is unquenchable?

There are those who give little of the much which they have-and they give it for recognition and their hidden desire makes their gifts unwholesome.

And there are those who have little and give it all.

These are the believers in life and the bounty of life, and their coffer is never empty.

There are those who give with joy, and that joy is their reward.

And there are those who give with pain, and that pain is their baptism.

And there are those who give and know not pain in giving, nor do they seek joy, nor give with mindfulness of virtue;

They give as in yonder valley the myrtle breathes its fragrance into space.

Through the hands of such as these God speaks, and from behind their eyes He smiles upon the earth.

It is well to give when asked, but it is better to give unasked, through understanding;

And to the open-handed the search for one who shall receive is joy greater than giving.

And is there aught you would withhold?

All you have shall some day be given;

Therefore give now, that the season of giving may be yours and not your inheritor's.

You often say, "I would give, but only to the deserving."

The trees in your orchard say not so, nor the flocks in your pasture.

They give that they may live, for to withhold is to perish.

Surely he who is worthy to receive his days and his nights is worthy of all else from you.

And he who has deserved to drink from the ocean of life deserves to fill his cup from your little stream.

And what desert greater shall there be, than that which lies in the courage and the confidence, nay the charity, of receiving?

And who are you that men should rend their bosom and unveil their pride, that you may see their worth naked and their pride unabashed?

See first that you yourself deserve to be a giver, and an instrument of giving.

For in truth it is life that gives unto life-while you, who deem yourself a giver, are but a witness.

And you receivers-and you are all receivers-assume no weight of gratitude, lest you lay a yoke upon yourself and upon him who gives.

Rather rise together with the giver on his gifts as on wings;

For to be overmindful of your debt is to doubt his generosity who has the free-hearted earth for mother, and God for father.

On Eating and Drinking

Then an old man, a keeper of an inn, said,
"Speak to us of Eating and Drinking."
And he said:
Would that you could live on the fragrance of the earth, and like an air plant be sustained by the light.

But since you must kill to eat, and rob the newly born of its mother's milk to quench your thirst, let it then be an act of worship.

And let your board stand an altar on which the pure and the innocent of forest and plain are sacrificed for that which is purer and still more innocent in man.

When you kill a beast say to him in your heart:
"By the same power that slays you, I too am slain; and I too shall be consumed. For the law that delivered you into my hand shall deliver me into a mightier hand. Your blood and my blood is naught but the sap that feeds the tree of heaven."

And when you crush an apple with your teeth, say to it in your heart:
"Your seeds shall live in my body, And the buds of your to-morrow shall blossom in my heart, And your fragrance shall be my breath, And together we shall rejoice through all the seasons."

And in the autumn, when you gather the grapes of your vineyards for the winepress, say in your heart:

"I too am a vineyard, and my fruit shall be gathered for the winepress, And like new wine I shall be kept in eternal vessels."

And in winter, when you draw the wine, let there be in your heart a song for each cup;

And let there be in the song a remembrance for the autumn days, and for the vineyard, and for the winepress.

On Work

Then a ploughman said, "Speak to us of Work."

And he answered, saying:

You work that you may keep pace with the earth and the soul of the earth. For to be idle is to become a stranger unto the seasons, and to step out of life's procession that marches in majesty and proud submission towards the infinite.

When you work you are a flute through whose heart the whispering of the hours turns to music.

Which of you would be a reed, dumb and silent, when all else sings together in unison?

Always you have been told that work is a curse and labour a misfortune.

But I say to you that when you work you fulfill a part of earth's furthest dream, assigned to you when that dream was born, And in keeping yourself with labour you are in truth loving life, And to love life through labour is to be intimate with life's inmost secret.

But if you in your pain call birth an affliction and the support of the flesh a curse written upon your brow, then I answer that naught but the sweat of your brow shall wash away that which is written.

You have been told also that life is darkness, and in your weariness you echo what was said by the weary.

And I say that life is indeed darkness save when there is urge, And all urge is blind save when there is knowledge.

And all knowledge is vain save when there is work, And all work is empty save when there is love;

And when you work with love you bind your self to yourself, and to one another, and to God.

And what is it to work with love?

It is to weave the cloth with threads drawn from your heart, even as if your beloved were to wear that cloth.

It is to build a house with affection, even as if your beloved were to dwell in that house. It is to sow seeds with tenderness and reap the harvest with joy, even as if your beloved were to eat the fruit.

It is to charge all things your fashion with a breath of your own spirit, And to know that all the blessed dead are standing about you and watching.

Often have I heard you say, as if speaking in sleep, "He who works in marble, and finds the shape of his own soul in the stone, is nobler than he who ploughs the soil.

And he who seizes the rainbow to lay it on a cloth in the likeness of man, is more than he who makes the sandals for our feet."

But I say, not in sleep, but in the over-wakefulness of noontide, that the wind speaks not more sweetly to the giant oaks than to the least of all the blades of grass;

And he alone is great who turns the voice of the wind into a song made sweeter by his own loving.

Work is love made visible.

And if you cannot work with love but only with distaste, it is better that you should leave your work and sit at the gate of the temple and take alms of those who work with joy.

For if you bake bread with indifference, you bake a bitter bread that feeds but half man's hunger.

And if you grudge the crushing of the grapes, your grudge distills a poison in the wine.

And if you sing though as angels, and love not the singing, you muffle man's ears to the voices of the day and the voices of the night.

On Joy and Sorrow

Then a woman said, "Speak to us of Joy and Sorrow."

And he answered: Your joy is your sorrow unmasked.

And the selfsame well from which your laughter rises was oftentimes filled with your tears.

And how else can it be?

The deeper that sorrow carves into your being, the more joy you can contain.

Is not the cup that holds your wine the very cup that was burned in the potter's oven?

And is not the lute that soothes your spirit the very wood that was hollowed with knives?

When you are joyous, look deep into your heart and you shall find it is only that which has given you sorrow that is giving you joy.

When you are sorrowful, look again in your heart, and you shall see that in truth you are weeping for that which has been your delight.

Some of you say, "Joy is greater than sorrow,"

and others say, "Nay, sorrow is the greater."

But I say unto you, they are inseparable.

Together they come, and when one sits alone with you at your board, remember that the other is asleep upon your bed.

Verily you are suspended like scales between your sorrow and your joy.

Only when you are empty are you at standstill and balanced.

When the treasure-keeper lifts you to weigh his gold and his silver, needs must your joy or your sorrow rise or fall.

On Houses

Then a mason came forth and said,

"Speak to us of Houses."

And he answered and said: Build of your imaginings a bower in the wilderness ere you build a house within the city walls.

For even as you have home-comings in your twilight, so has the wanderer in you, the ever distant and alone.

Your house is your larger body.

It grows in the sun and sleeps in the stillness of the night; and it is not dreamless.

Does not your house dream? and dreaming, leave the city for grove or hilltop?

Would that I could gather your houses into my hand, and like a sower scatter them in forest and meadow.

Would the valleys were your streets, and the green paths your alleys, that you might seek one another through vineyards, and come with the fragrance of the earth in your garments.

But these things are not yet to be.

In their fear your forefathers gathered you too near together.

And that fear shall endure a little longer.

A little longer shall your city walls separate your hearths from your fields.

And tell me, people of Orphalese, what have you in these houses? And what is it you guard with fastened doors?

Have you peace, the quiet urge that reveals your power?

Have you remembrances, the glimmering arches that span the summits of the mind?

Have you beauty, that leads the heart from things fashioned of wood and stone to the holy mountain?

Tell me, have you these in your houses?

Or have you only comfort, and the lust for comfort, that stealthy thing that enters the house a guest, and then becomes a host, and then a master?

Aye, and it becomes a tamer, and with hook and scourge makes puppets of your larger desires.

Though its hands are silken, its heart is of iron.

It lulls you to sleep only to stand by your bed and jeer at the dignity of the flesh.

It makes mock of your sound senses, and lays them in thistledown like fragile vessels.

Verily the lust for comfort murders the passion of the soul, and then walks grinning in the funeral.

But you, children of space, you restless in rest, you shall not be trapped nor tamed.

Your house shall be not an anchor but a mast.

It shall not be a glistening film that covers a wound, but an eyelid that guards the eye.

You shall not fold your wings that you may pass through doors, nor bend your heads that they strike not against a ceiling, nor fear to breathe lest walls should crack and fall down.

You shall not dwell in tombs made by the dead for the living. And though of magnificence and splendour, your house shall not hold your secret nor shelter your longing.

For that which is boundless in you abides in the mansion of the sky, whose door is the morning mist, and whose windows are the songs and the silences of night.

On Clothes

And the weaver said, "Speak to us of Clothes."

And he answered:

Your clothes conceal much of your beauty, yet they hide not the unbeautiful.

And though you seek in garments the freedom of privacy you may find in them a harness and a chain.

Would that you could meet the sun and the wind with more of your skin and less of your raiment.

For the breath of life is in the sunlight and the hand of life is in the wind.

Some of you say,

"It is the north wind who has woven the clothes we wear."

And I say, Aye, it was the north wind, But shame was his loom, and the softening of the sinews was his thread.

And when his work was done he laughed in the forest.

Forget not that modesty is for a shield against the eye of the unclean.

And when the unclean shall be no more, what were modesty but a fetter and a fouling of the mind?

And forget not that the earth delights to feel your bare feet and the winds long to play with your hair.

On Buying and Selling

And a merchant said, "Speak to us of Buying and Selling."

And he answered and said:

To you the earth yields her fruit, and you shall not want if you but know how to fill your hands.

It is in exchanging the gifts of the earth that you shall find abundance and be satisfied.

Yet unless the exchange be in love and kindly justice it will but lead some to greed and others to hunger.

When in the market place you toilers of the sea and fields and vineyards meet the weavers and the potters and the gatherers of spices, Invoke then the master spirit of the earth, to come into your midst and sanctify the scales and the reckoning that weighs value against value.

And suffer not the barren-handed to take part in your transactions, who would sell their words for your labour.

To such men you should say:

"Come with us to the field, or go with our brothers to the sea and cast your net; For the land and the sea shall be bountiful to you even as to us."

And if there come the singers and the dancers and the flute players, buy of their gifts also.

For they too are gatherers of fruit and frankincense, and that which they bring, though fashioned of dreams, is raiment and food for your soul.

And before you leave the market place, see that no one has gone his way with empty hands.

For the master spirit of the earth shall not sleep peacefully upon the wind till the needs of the least of you are satisfied.

On Crime and Punishment

Then one of the judges of the city stood forth and said, "Speak to us of Crime and Punishment."

And he answered, saying:

It is when your spirit goes wandering upon the wind, That you, alone and unguarded, commit a wrong unto others and therefore unto yourself.

And for that wrong committed must you knock and wait a while unheeded at the gate of the blessed.

Like the ocean is your god-self;

It remains for ever undefiled.

And like the ether it lifts but the winged.

Even like the sun is your god-self; It knows not the ways of the mole nor seeks it the holes of the serpent.

But your god-self dwells not alone in your being.

Much in you is still man, and much in you is not yet man, But a shapeless pigmy that walks asleep in the mist searching for its own awakening.

And of the man in you would I now speak.

For it is he and not your god-self nor the pigmy in the mist that knows crime and the punishment of crime.

Oftentimes have I heard you speak of one who commits a wrong as though he were not one of you, but a stranger unto you and an intruder upon your world.

But I say that even as the holy and the righteous cannot rise beyond the highest which is in each one of you, So the wicked and the weak cannot fall lower than the lowest which is in you also.

And as a single leaf turns not yellow but with the silent knowledge of the whole tree, So the wrong-doer cannot do wrong without the hidden will of you all.

Like a procession you walk together towards your god-self.

You are the way and the wayfarers.

And when one of you falls down he falls for those behind him, a caution against the stumbling stone.

Aye, and he falls for those ahead of him, who, though faster and surer of foot, yet removed not the stumbling stone.

And this also, though the word lie heavy upon your hearts:

The murdered is not unaccountable for his own murder, And the robbed is not blameless in being robbed.

The righteous is not innocent of the deeds of the wicked, And the white-handed is not clean in the doings of the felon.

Yea, the guilty is oftentimes the victim of the injured.

And still more often the condemned is the burden bearer for the guiltless and unblamed.

You cannot separate the just from the unjust and the good from the wicked;

For they stand together before the face of the sun even as the black thread and the white are woven together.

And when the black thread breaks, the weaver shall look into the whole cloth, and he shall examine the loom also.

If any of you would bring to judgment the unfaithful wife, Let him also weigh the heart of her husband in scales, and measure his soul with measurements.

And let him who would lash the offender look unto the spirit of the offended.

And if any of you would punish in the name of righteousness and lay the axe unto the evil tree, let him see to its roots;

And verily he will find the roots of the good and the bad, the fruitful and the fruitless, all entwined together in the silent heart of the earth.

And you judges who would be just.

What judgment pronounce you upon him who though honest in the flesh yet is a thief in spirit?

What penalty lay you upon him who slays in the flesh yet is himself slain in the spirit?

And how prosecute you him who in action is a deceiver and an oppressor, Yet who also is aggrieved and outraged?

And how shall you punish those whose remorse is already greater than their misdeeds?

Is not remorse the justice which is administered by that very law which you would fain serve?

Yet you cannot lay remorse upon the innocent nor lift it from the heart of the guilty.

Unbidden shall it call in the night, that men may wake and gaze upon themselves.

And you who would understand justice, how shall you unless you look upon all deeds in the fullness of light?

Only then shall you know that the erect and the fallen are but one man standing in twilight between the night of his pigmy-self and the day of his god self, And that the corner-stone of the temple is not higher than the lowest stone in its foundation.

On Laws

Then a lawyer said, "But what of our Laws, master?"

And he answered: You delight in laying down laws, Yet you delight more in breaking them.

Like children playing by the ocean who build sand-towers with constancy and then destroy them with laughter.

But while you build your sand-towers the ocean brings more sand to the shore, And when you destroy them the ocean laughs with you.

Verily the ocean laughs always with the innocent.

But what of those to whom life is not an ocean, and man-made laws are not sand-towers, But to whom life is a rock, and the law a chisel with which they would carve it in their own likeness?

What of the cripple who hates dancers?

What of the ox who loves his yoke and deems the elk and deer of the forest stray and vagrant things?

What of the old serpent who cannot shed his skin, and calls all others naked and shameless?

And of him who comes early to the wedding feast, and when over-fed and tired goes his way saying that all feasts are violation and all feasters law-breakers?

What shall I say of these save that they too stand in the sunlight, but with their backs to the sun?

They see only their shadows, and their shadows are their laws. And what is the sun to them but a caster of shadows?

And what is it to acknowledge the laws but to stoop down and trace their shadows upon the earth?

But you who walk facing the sun, what images drawn on the earth can hold you?

You who travel with the wind, what weather vane shall direct your course?

What man's law shall bind you if you break your yoke but upon no man's prison door?

What laws shall you fear if you dance but stumble against no man's iron chains?

And who is he that shall bring you to judgment if you tear off your garment yet leave it in no man's path?

People of Orphalese, you can muffle the drum, and you can loosen the strings of the lyre, but who shall command the skylark not to sing?

On Freedom

And an orator said,

"Speak to us of Freedom."

And he answered:

At the city gate and by your fireside I have seen you prostrate yourself and worship your own freedom, Even as slaves humble themselves before a tyrant and praise him though he slays them.

Aye, in the grove of the temple and in the shadow of the citadel I have seen the freest among you wear their freedom as a yoke and a handcuff.

And my heart bled within me;

for you can only be free when even the desire of seeking freedom becomes a harness to you, and when you cease to speak of freedom as a goal and a fulfillment.

You shall be free indeed when your days are not without a care nor your nights without a want and a grief, But rather when these things girdle your life and yet you rise above them naked and unbound.

And how shall you rise beyond your days and nights unless you break the chains which you at the dawn of your understanding have fastened around your noon hour?

In truth that which you call freedom is the strongest of these chains, though its links glitter in the sun and dazzle your eyes.

And what is it but fragments of your own self you would discard that you may become free?

If it is an unjust law you would abolish, that law was written with your own hand upon your own forehead.

You cannot erase it by burning your law books nor by washing the foreheads of your judges, though you pour the sea upon them.

And if it is a despot you would dethrone, see first that his throne erected within you is destroyed.

For how can a tyrant rule the free and the proud, but for a tyranny in their own freedom and a shame in their own pride?

And if it is a care you would cast off, that care has been chosen by you rather than imposed upon you.

And if it is a fear you would dispel, the seat of that fear is in your heart and not in the hand of the feared.

Verily all things move within your being in constant half embrace, the desired and the dreaded, the repugnant and the cherished, the pursued and that which you would escape.

These things move within you as lights and shadows in pairs that cling.

And when the shadow fades and is no more, the light that lingers becomes a shadow to another light.

And thus your freedom when it loses its fetters becomes itself the fetter of a greater freedom.

On Reason and Passion

And the priestess spoke again and said:

"Speak to us of Reason and Passion."

And he answered, saying:

Your soul is oftentimes a battlefield, upon which your reason and your judgment wage war against your passion and your appetite.

Would that I could be the peacemaker in your soul, that I might turn the discord and the rivalry of your elements into oneness and melody.

But how shall I, unless you yourselves be also the peacemakers, nay, the lovers of all your elements?

Your reason and your passion are the rudder and the sails of your seafaring soul.

If either your sails or your rudder be broken, you can but toss and drift, or else be held at a standstill in mid-seas.

For reason, ruling alone, is a force confining; and passion, unattended, is a flame that burns to its own destruction.

Therefore let your soul exalt your reason to the height of passion, that it may sing;

And let it direct your passion with reason, that your passion may live through its own daily resurrection, and like the phoenix rise above its own ashes.

I would have you consider your judgment and your appetite even as you would two loved guests in your house.

Surely you would not honour one guest above the other; for he who is more mindful of one loses the love and the faith of both.

Among the hills, when you sit in the cool shade of the white poplars, sharing the peace and serenity of distant fields and meadows-then let your heart say in silence,

"God rests in reason."

And when the storm comes, and the mighty wind shakes the forest, and thunder and lightning proclaim the majesty of the sky, then let your heart say in awe,

"God moves in passion."

And since you are a breath in God's sphere, and a leaf in God's forest, you too should rest in reason and move in passion.

On Pain

And a woman spoke, saying, "Tell us of Pain."

And he said:

Your pain is the breaking of the shell that encloses your understanding.

Even as the stone of the fruit must break, that its heart may stand in the sun, so must you know pain.

And could you keep your heart in wonder at the daily miracles of your life, your pain would not seem less wondrous than your joy;

And you would accept the seasons of your heart, even as you have always accepted the seasons that pass over your fields.

And you would watch with serenity through the winters of your grief.

Much of your pain is self-chosen.

It is the bitter potion by which the physician within you heals your sick self.

Therefore trust the physician, and drink his remedy in silence and tranquillity:

For his hand, though heavy and hard, is guided by the tender hand of the Unseen, And the cup he brings, though it burn your lips, has been fashioned of the clay which the Potter has moistened with His own sacred tears.

On Self-Knowledge

And a man said, "Speak to us of Self-Knowledge."

And he answered, saying:

Your hearts know in silence the secrets of the days and the nights.

But your ears thirst for the sound of your heart's knowledge.

You would know in words that which you have always known in thought.

You would touch with your fingers the naked body of your dreams.

And it is well you should.

The hidden well-spring of your soul must needs rise and run murmuring to the sea;

And the treasure of your infinite depths would be revealed to your eyes.

But let there be no scales to weigh your unknown treasure; And seek not the depths of your knowledge with staff or sounding line.

For self is a sea boundless and measureless.

Say not, "I have found the truth,"

but rather, "I have found a truth."

Say not, "I have found the path of the soul."

Say rather, "I have met the soul walking upon my path."

For the soul walks upon all paths.

The soul walks not upon a line, neither does it grow like a reed. The soul unfolds itself, like a lotus of countless petals.

On Teaching

Then said a teacher, "Speak to us of Teaching."

And he said: No man can reveal to you aught but that which already lies half asleep in the dawning of your knowledge.

The teacher who walks in the shadow of the temple, among his followers, gives not of his wisdom but rather of his faith and his lovingness.

If he is indeed wise he does not bid you enter the house of his wisdom, but rather leads you to the threshold of your own mind.

The astronomer may speak to you of his under standing of space, but he cannot give you his under standing.

The musician may sing to you of the rhythm which is in all space, but he cannot give you the ear which arrests the rhythm, nor the voice that echoes it.

And he who is versed in the science of numbers can tell of the regions of weight and measure, but he cannot conduct you thither.

For the vision of one man lends not its wings to another man.

And even as each one of you stands alone in God's knowledge, so must each one of you be alone in his knowledge of God and in his under standing of the earth.

On Friendship

And a youth said, "Speak to us of Friendship."

And he answered, saying:

Your friend is your needs answered.

He is your field which you sow with love and reap with thanksgiving. And he is your board and your fireside.

For you come to him with your hunger, and you seek him for peace.

When your friend speaks his mind you fear not the "nay" in your own mind, nor do you with hold the "aye."

And when he is silent your heart ceases not to listen to his heart; For without words, in friendship, all thoughts, all desires, all expectations are born and shared, with joy that is unclaimed.

When you part from your friend, you grieve not;

For that which you love most in him may be clearer in his absence, as the mountain to the climber is clearer from the plain.

And let there be no purpose in friendship save the deepening of the spirit.

For love that seeks aught but the disclosure of its own mystery is not love but a net cast forth: and only the unprofitable is caught.

And let your best be for your friend.

If he must know the ebb of your tide, let him know its flood also.

For what is your friend that you should seek him with hours to kill? Seek him always with hours to live.

For it is his to fill your need, but not your emptiness.

And in the sweetness of friendship let there be laughter, and sharing of pleasures.

For in the dew of little things the heart finds its morning and is refreshed.

On Talking

And then a scholar said, "Speak of Talking."

And he answered, saying:

You talk when you cease to be at peace with your thoughts;

And when you can no longer dwell in the solitude of your heart you live in your lips, and sound is a diversion and a pastime.

And in much of your talking, thinking is half murdered.

For thought is a bird of space, that in a cage of words may indeed unfold its wings but cannot fly.

There are those among you who seek the talkative through fear of being alone.

The silence of aloneness reveals to their eyes their naked selves and they would escape.

And there are those who talk, and without knowledge or forethought reveal a truth which they themselves do not understand.

And there are those who have the truth within them, but they tell it not in words.

In the bosom of such as these the spirit dwells in rhythmic silence.

When you meet your friend on the roadside or in the market-place, let the spirit in you move your lips and direct your tongue.

Let the voice within your voice speak to the ear of his ear; For his soul will keep the truth of your heart as the taste of the wine is remembered.

When the colour is forgotten and the vessel is no more.

On Time

And an astronomer said, "Master, what of Time?"

And he answered:

You would measure time the measureless and the immeasurable.

You would adjust your conduct and even direct the course of your spirit according to hours and seasons.

Of time you would make a stream upon whose bank you would sit and watch its flowing.

Yet the timeless in you is aware of life's timelessness, And knows that yesterday is but today's memory and tomorrow is today's dream.

And that which sings and contemplates in you is still dwelling within the bounds of that first moment which scattered the stars into space.

Who among you does not feel that his power to love is boundless?

And yet who does not feel that very love, though boundless, encompassed within the centre of his being, and moving not from love thought to love thought, nor from love deeds to other love deeds?

And is not time even as love is, undivided and spaceless?

But if in your thought you must measure time into seasons, let each season encircle all the other seasons, And let today embrace the past with remembrance and the future with longing.

On Good and Evil

And one of the elders of the city said,

"Speak to us of Good and Evil."

And he answered: Of the good in you I can speak, but not of the evil.

For what is evil but good tortured by its own hunger and thirst?

Verily when good is hungry it seeks food even in dark caves, and when it thirsts it drinks even of dead waters.

You are good when you are one with yourself.

Yet when you are not one with yourself you are not evil.

For a divided house is not a den of thieves; it is only a divided house.

And a ship without rudder may wander aimlessly among perilous isles yet sink not to the bottom.

You are good when you strive to give of yourself.

Yet you are not evil when you seek gain for yourself.

For when you strive for gain you are but a root that clings to the earth and sucks at her breast.

Surely the fruit cannot say to the root, "Be like me, ripe and full and ever giving of your abundance."

For to the fruit giving is a need, as receiving is a need to the root.

You are good when you are fully awake in your speech.

Yet you are not evil when you sleep while your tongue staggers without purpose.

And even stumbling speech may strengthen a weak tongue.

You are good when you walk to your goal firmly and with bold steps.

Yet you are not evil when you go thither limping.

Even those who limp go not backward.

But you who are strong and swift, see that you do not limp before the lame, deeming it kindness.

You are good in countless ways, and you are not evil when you are not good, You are only loitering and sluggard.

Pity that the stags cannot teach swiftness to the turtles.

In your longing for your giant self lies your goodness: and that longing is in all of you.

But in some of you that longing is a torrent rushing with might to the sea, carrying the secrets of the hillsides and the songs of the forest.

And in others it is a flat stream that loses itself in angles and bends and lingers before it reaches the shore.

But let not him who longs much say to him who longs little, "Wherefore are you slow and halting?"

For the truly good ask not the naked, "Where is your garment?" nor the houseless, "What has befallen your house?"

On Prayer

Then a priestess said, "Speak to us of Prayer."

And he answered, saying:

You pray in your distress and in your need; would that you might pray also in the fullness of your joy and in your days of abundance.

For what is prayer but the expansion of your self into the living ether?

And if it is for your comfort to pour your darkness into space, it is also for your delight to pour forth the dawning of your heart.

And if you cannot but weep when your soul summons you to prayer, she should spur you again and yet again, though weeping, until you shall come laughing.

When you pray you rise to meet in the air those who are praying at that very hour, and whom save in prayer you may not meet.

Therefore let your visit to that temple invisible be for naught but ecstasy and sweet communion.

For if you should enter the temple for no other purpose than asking you shall not receive:

And if you should enter into it to humble yourself you shall not be lifted:

Or even if you should enter into it to beg for the good of others you shall not be heard.

It is enough that you enter the temple invisible.

I cannot teach you how to pray in words.

God listens not to your words save when He Himself utters them through your lips.

And I cannot teach you the prayer of the seas and the forests and the mountains.

But you who are born of the mountains and the forests and the seas can find their prayer in your heart,

And if you but listen in the stillness of the night you shall hear them saying in silence:

Our God, who art our winged self, it is thy will in us that willeth.

"It is thy desire in us that desireth."

"It is thy urge in us that would turn our nights, which are thine, into days, which are thine also."

"We cannot ask thee for aught, for thou knowest our needs before they are born in us: Thou art our need; and in giving us more of thyself thou givest us all."

On Pleasure

Then a hermit, who visited the city once a year, came forth and said, "Speak to us of Pleasure."

And he answered, saying:

Pleasure is a freedom-song, But it is not freedom.

It is the blossoming of your desires, But it is not their fruit.

It is a depth calling unto a height, But it is not the deep nor the high.

It is the caged taking wing, But it is not space encompassed.

Aye, in very truth, pleasure is a freedom-song.

And I fain would have you sing it with fullness of heart; yet I would not have you lose your hearts in the singing.

Some of your youth seek pleasure as if it were all, and they are judged and rebuked.

I would not judge nor rebuke them.

I would have them seek.

For they shall find pleasure, but not her alone; Seven are her sisters, and the least of them is more beautiful than pleasure.

Have you not heard of the man who was digging in the earth for roots and found a treasure?

And some of your elders remember pleasures with regret like wrongs committed in drunkenness.

But regret is the beclouding of the mind and not its chastisement. They should remember their pleasures with gratitude, as they would the harvest of a summer.

Yet if it comforts them to regret, let them be comforted.

And there are among you those who are neither young to seek nor old to remember;

And in their fear of seeking and remembering they shun all pleasures, lest they neglect the spirit or offend against it.

But even in their foregoing is their pleasure.

And thus they too find a treasure though they dig for roots with quivering hands.

But tell me, who is he that can offend the spirit?

Shall the nightingale offend the stillness of the night, or the firefly the stars?

And shall your flame or your smoke burden the wind?

Think you the spirit is a still pool which you can trouble with a staff?

Oftentimes in denying yourself pleasure you do but store the desire in the recesses of your being.

Who knows but that which seems omitted to day, waits for tomorrow?

Even your body knows its heritage and its rightful need and will not be deceived.

And your body is the harp of your soul, And it is yours to bring forth sweet music from it or confused sounds.

And now you ask in your heart, "How shall we distinguish that which is good in pleasure from that which is not good?"

Go to your fields and your gardens, and you shall learn that it is the pleasure of the bee to gather honey of the flower, But it is also the pleasure of the flower to yield its honey to the bee.

For to the bee a flower is a fountain of life, And to the flower a bee is a messenger of love, And to both, bee and flower, the giving and the receiving of pleasure is a need and an ecstasy.

People of Orphalese, be in your pleasures like the flowers and the bees.

On Beauty

And a poet said, "Speak to us of Beauty."

And he answered:

Where shall you seek beauty, and how shall you find her unless she herself be your way and your guide?

And how shall you speak of her except she be the weaver of your speech?

The aggrieved and the injured say,

"Beauty is kind and gentle. Like a young mother half-shy of her own glory she walks among us."

And the passionate say,

"Nay, beauty is a thing of might and dread. Like the tempest she shakes the earth beneath us and the sky above us."

The tired and the weary say,

"Beauty is of soft whisperings. She speaks in our spirit. Her voice yields to our silences like a faint light that quivers in fear of the shadow."

But the restless say,

"We have heard her shouting among the mountains, And with her cries came the sound of hoofs, and the beating of wings and the roaring of lions."

At night the watchmen of the city say,

"Beauty shall rise with the dawn from the east."

And at noontide the toilers and the wayfarers say,

"We have seen her leaning over the earth from the windows of the sunset."

In winter say the snow-bound,

"She shall come with the spring leaping upon the hills."

And in the summer heat the reapers say,

"We have seen her dancing with the autumn leaves, and we saw a drift of snow in her hair."

All these things have you said of beauty, Yet in truth you spoke not of her but of needs unsatisfied, And beauty is not a need but an ecstasy.

It is not a mouth thirsting nor an empty hand stretched forth, But rather a heart inflamed and a soul enchanted.

It is not the image you would see nor the song you would hear, But rather an image you see though you close your eyes and a song you hear though you shut your ears.

It is not the sap within the furrowed bark, nor a wing attached to a claw, But rather a garden for ever in bloom and a flock of angels for ever in flight.

People of Orphalese, beauty is life when life unveils her holy face.

But you are life and you are the veil.

Beauty is eternity gazing at itself in a mirror.

But you are eternity and you are the mirror.

On Religion

And an old priest said, "Speak to us of Religion."

And he said:

Have I spoken this day of aught else?

Is not religion all deeds and all reflection, And that which is neither deed nor reflection, but a wonder and a surprise ever springing in the soul, even while the hands hew the stone or tend the loom?

Who can separate his faith from his actions, or his belief from his occupations?

Who can spread his hours before him, saying,

"This for God and this for myself; This for my soul and this other for my body?"

All your hours are wings that beat through space from self to self.

He who wears his morality but as his best garment were better naked.

The wind and the sun will tear no holes in his skin.

And he who defines his conduct by ethics imprisons his song-bird in a cage.

The freest song comes not through bars and wires.

And he to whom worshipping is a window, to open but also to shut, has not yet visited the house of his soul whose windows are from dawn to dawn.

Your daily life is your temple and your religion.

Whenever you enter into it take with you your all.

Take the slough and the forge and the mallet and the lute, The things you have fashioned in necessity or for delight.

For in reverie you cannot rise above your achievements nor fall lower than your failures.

And take with you all men:

For in adoration you cannot fly higher than their hopes nor humble yourself lower than their despair.

And if you would know God, be not therefore a solver of riddles. Rather look about you and you shall see Him playing with your children.

And look into space; you shall see Him walking in the cloud, outstretching His arms in the lightning and descending in rain.

You shall see Him smiling in flowers, then rising and waving His hands in trees.

On Death

Then Almitra spoke, saying, "We would ask now of Death."

And he said: You would know the secret of death.

But how shall you find it unless you seek it in the heart of life?

The owl whose night-bound eyes are blind unto the day cannot unveil the mystery of light.

If you would indeed behold the spirit of death, open your heart wide unto the body of life.

For life and death are one, even as the river and the sea are one.

In the depth of your hopes and desires lies your silent knowledge of the beyond; And like seeds dreaming beneath the snow your heart dreams of spring.

Trust the dreams, for in them is hidden the gate to eternity.

Your fear of death is but the trembling of the shepherd when he stands before the king whose hand is to be laid upon him in honour.

Is the shepherd not joyful beneath his trembling, that he shall wear the mark of the king?

Yet is he not more mindful of his trembling?

For what is it to die but to stand naked in the wind and to melt into the sun?

And what is it to cease breathing but to free the breath from its restless tides, that it may rise and expand and seek God unencumbered?

Only when you drink from the river of silence shall you indeed sing.

And when you have reached the mountain top, then you shall begin to climb.

And when the earth shall claim your limbs, then shall you truly dance.

The Farewell

And now it was evening.

And Almitra the seeress said,

"Blessed be this day and this place and your spirit that has spoken."

And he answered, Was it I who spoke?

Was I not also a listener?

Then he descended the steps of the Temple and all the people followed him.

And he reached his ship and stood upon the deck.

And facing the people again, he raised his voice and said:

People of Orphalese, the wind bids me leave you.

Less hasty am I than the wind, yet I must go.

We wanderers, ever seeking the lonelier way, begin no day where we have ended another day; and no sunrise finds us where sunset left us.

Even while the earth sleeps we travel.

We are the seeds of the tenacious plant, and it is in our ripeness and our fullness of heart that we are given to the wind and are scattered.

Brief were my days among you, and briefer still the words I have spoken.

But should my voice fade in your ears, and my love vanish in your memory, then I will come again, And with a richer heart and lips more yielding to the spirit will I speak.

Yea, I shall return with the tide, And though death may hide me, and the greater silence enfold me, yet again will I seek your understanding.

And not in vain will I seek.

If aught I have said is truth, that truth shall reveal itself in a clearer voice, and in words more kin to your thoughts.

I go with the wind, people of Orphalese, but not down into emptiness;

And if this day is not a fulfillment of your needs and my love, then let it be a promise till another day.

Man's needs change, but not his love, nor his desire that his love should satisfy his needs.

Know therefore, that from the greater silence I shall return.

The mist that drifts away at dawn, leaving but dew in the fields, shall rise and gather into a cloud and then fall down in rain.

And not unlike the mist have I been.

In the stillness of the night I have walked in your streets, and my spirit has entered your houses, And your heart-beats were in my heart, and your breath was upon my face, and I knew you all.

Aye, I knew your joy and your pain, and in your sleep your dreams were my dreams.

And oftentimes I was among you a lake among the mountains.

I mirrored the summits in you and the bending slopes, and even the passing flocks of your thoughts and your desires.

And to my silence came the laughter of your children in streams, and the longing of your youths in rivers.

And when they reached my depth the streams and the rivers ceased not yet to sing.

But sweeter still than laughter and greater than longing came to me. It was the boundless in you;
The vast man in whom you are all but cells and sinews;
He in whose chant all your singing is but a soundless throbbing.
It is in the vast man that you are vast, And in beholding him that I beheld you and loved you.
For what distances can love reach that are not in that vast sphere?
What visions, what expectations and what presumptions can outsoar that flight?
Like a giant oak tree covered with apple blossoms is the vast man in you.
His might binds you to the earth, his fragrance lifts you into space, and in his durability you are deathless.
You have been told that, even like a chain, you are as weak as your weakest link.
This is but half the truth. You are also as strong as your strongest link.
To measure you by your smallest deed is to reckon the power of ocean by the frailty of its foam.
To judge you by your failures is to cast blame upon the seasons for their inconstancy.

Aye, you are like an ocean, And though heavy-grounded ships await the tide upon your shores, yet, even like an ocean, you cannot hasten your tides.

And like the seasons you are also, And though in your winter you deny your spring, Yet spring, reposing within you, smiles in her drowsiness and is not offended.

Think not I say these things in order that you may say the one to the other, "He praised us well. He saw but the good in us."

I only speak to you in words of that which you yourselves know in thought.

And what is word knowledge but a shadow of wordless knowledge?

Your thoughts and my words are waves from a sealed memory that keeps records of our yesterdays, And of the ancient days when the earth knew not us nor herself, And of nights when earth was upwrought with confusion.

Wise men have come to you to give you of their wisdom.

I came to take of your wisdom: And behold I have found that which is greater than wisdom.

It is a flame spirit in you ever gathering more of itself, While you, heedless of its expansion, bewail the withering of your days.

It is life in quest of life in bodies that fear the grave.

There are no graves here.

These mountains and plains are a cradle and a stepping-stone. Whenever you pass by the field where you have laid your ancestors look well thereupon, and you shall see yourselves and your children dancing hand in hand.

Verily you often make merry without knowing.

Others have come to you to whom for golden promises made unto you faith you have given but riches and power and glory.

Less than a promise have I given, and yet more generous have you been to me.

You have given me my deeper thirsting after life.

Surely there is no greater gift to a man than that which turns all his aims into parching lips and all life into a fountain.

And in this lies my honour and my reward, That whenever I come to the fountain to drink I find the living water itself thirsty;

And it drinks me while I drink it.

Some of you have deemed me proud and over shy to receive gifts.

Too proud indeed am I to receive wages, but not gifts.

And though I have eaten berries among the hills when you would have had me sit at your board,

And slept in the portico of the temple when you would gladly have sheltered me,

Yet it was not your loving mindfulness of my days and my nights that made food sweet to my mouth and girdled my sleep with visions?

For this I bless you most:

You give much and know not that you give at all.

Verily the kindness that gazes upon itself in a mirror turns to stone, And a good deed that calls itself by tender names becomes the parent to a curse.

And some of you have called me aloof, and drunk with my own aloneness, And you have said,

"He holds council with the trees of the forest, but not with men. He sits alone on hill-tops and looks down upon our city."

True it is that I have climbed the hills and walked in remote places. How could I have seen you save from a great height or a great distance?

How can one be indeed near unless he be far?

And others among you called unto me, not in words, and they said:

"Stranger, stranger, lover of unreachable heights, why dwell you among the summits where eagles build their nests?

Why seek you the unattainable? What storms would you trap in your net, and what vaporous birds do you hunt in the sky?

Come and be one of us.

Descend and appease your hunger with our bread and quench your thirst with our wine."

In the solitude of their souls they said these things;

But were their solitude deeper they would have known that I sought but the secret of your joy and your pain, And I hunted only your larger selves that walk the sky.

But the hunter was also the hunted;

For many of my arrows left my bow only to seek my own breast. And the flier was also the creeper;

For when my wings were spread in the sun their shadow upon the earth was a turtle.

And I the believer was also the doubter;

For often have I put my finger in my own wound that I might have the greater belief in you and the greater knowledge of you.

And it is with this belief and this knowledge that I say, You are not enclosed within your bodies, nor confined to houses or fields. That which is you dwells above the mountain and roves with the wind.

It is not a thing that crawls into the sun for warmth or digs holes into darkness for safety, But a thing free, a spirit that envelops the earth and moves in the ether.

If these be vague words, then seek not to clear them.

Vague and nebulous is the beginning of all things, but not their end, And I fain would have you remember me as a beginning.

Life, and all that lives, is conceived in the mist and not in the crystal. And who knows but a crystal is mist in decay?

This would I have you remember in remembering me:

That which seems most feeble and bewildered in you is the strongest and most determined.

Is it not your breath that has erected and hardened the structure of your bones?

And is it not a dream which none of you re member having dreamt, that built your city and fashioned all there is in it?

Could you but see the tides of that breath you would cease to see all else, And if you could hear the whispering of the dream you would hear no other sound.

But you do not see, nor do you hear, and it is well.

The veil that clouds your eyes shall be lifted by the hands that wove it, And the clay that fills your ears shall be pierced by those fingers that kneaded it.

And you shall see.

And you shall hear.

Yet you shall not deplore having known blindness, nor regret having been deaf.

For in that day you shall know the hidden purposes in all things, And you shall bless darkness as you would bless light.

After saying these things he looked about him, and he saw the pilot of his ship standing by the helm and gazing now at the full sails and now at the distance.

And he said:

Patient, over patient, is the captain of my ship.

The wind blows, and restless are the sails;

Even the rudder begs direction;

Yet quietly my captain awaits my silence.

And these my mariners, who have heard the choir of the greater sea, they too have heard me patiently.

Now they shall wait no longer.

I am ready.

The stream has reached the sea, and once more the great mother holds her son against her breast.

Fare you well, people of Orphalese. This day has ended.

It is closing upon us even as the water-lily upon its own to-morrow.

What was given us here we shall keep, And if it suffices not, then again must we come together and together stretch our hands unto the giver.

Forget not that I shall come back to you.

A little while, and my longing shall gather dust and foam for another body.

A little while, a moment of rest upon the wind, and another woman shall bear me.

Farewell to you and the youth I have spent with you.

It was but yesterday we met in a dream.

You have sung to me in my aloneness, and I of your longings have built a tower in the sky.

But now our sleep has fled and our dream is over, and it is no longer dawn.

The noontide is upon us and our half waking has turned to fuller day, and we must part.

If in the twilight of memory we should meet once more, we shall speak again together and you shall sing to me a deeper song.

And if our hands should meet in another dream we shall build another tower in the sky.

So saying he made a signal to the seamen, and straightaway they weighed anchor and cast the ship loose from its moorings, and they moved eastward.

And a cry came from the people as from a single heart, and it rose into the dusk and was carried out over the sea like a great trumpeting.

Only Almitra was silent, gazing after the ship until it had vanished into the mist.

And when all the people were dispersed she still stood alone upon the sea-wall, remembering in her heart his saying:

"A little while, a moment of rest upon the wind, and another woman shall bear me."

칼릴 지브란 연보

1883년   1월 6일 레바논 베샤르에서 아버지 칼릴 사드 지브란과 어머니 카믈레 라흐마 사이에서 태어났다.

1895년   12세 때 세무 관리였던 아버지가 세금을 잘못 관리한 죄로 전 재산을 몰수당하고 투옥되자, 아버지를 제외한 가족 전부가 미국으로 이민을 갔다.

1898년   15세가 되던 무렵 고향 레바논으로 돌아가 사제스 대학에서 아랍 문학을 공부했다.

1902년   고향에서 공부를 마치고 미국으로 돌아가던 중, 보스턴에 있는 누이동생 술타나의 사망 소식을 들었다. 이후 1903년 3월 형 부트로스가, 같은 해 6월 어머니가 사망했다. 가족들의 잇단 죽음을 겪고 미국으로 돌아온 지브란은 그림 그리기에 몰두했다.

1904년   후원자 프레드 홀랜드 데이의 제안으로 보스턴에서 그림 전시회를 가졌다. 이 전시회에서 후원자이자 연인인 메리 해스켈을 만났다.

1906년   23세의 나이에 아랍어로 쓴 《계곡의 요정들》을 출간했다.

1908년   메리 해스켈의 도움으로 2년간 파리에서 그림을 공부했다. 아랍 어로 쓴 《반항하는 영혼》을 출간했다.

1910년   27세에 미국 보스턴으로 돌아와 그림 및 저작 활동에 몰두했다.

1911년   뉴욕에 정착하여 이후 12년간 머물렀다.

1912년   아랍어로 쓰인 단편 〈부러진 날개〉를 출간했다.

1914년   뉴욕 몽트로스 갤러리에서 전시회를 열어 언론의 호평과 혹평을 동시에 받았다. 이후 1917년 뉴욕과 보스턴에서 두 번의 전시회를 가졌다.

1917년   뉴욕 노들러 갤러리에서 전시회를 열면서 화가로서 인정받기 시작했다.

1918년   35세에 비로소 영어로 쓴 첫 작품 《광인》을 출간했다.

1919년	아랍어로 쓴 여섯 번째 책 《행렬》을 출간했다. 미국 크노프 출판사에서 화집 〈스무 점의 그림〉을 출간했다.
1920년	여러 아랍어 신문에서 발표했던 단편들을 모은 작품집 《폭풍우》를 출간했다. 이어 크노프 출판사에서 영어로 쓴 두 번째 책 《선구자》를 출간했다.
1921년	38세에 마지막 아랍어로 쓰인 대표작 《높은 기둥의 도시, 이람》을 출간했다.
1923년	그의 나이 40세가 되던 해 《예언자》를 출간했다. 이 책은 1957년 미국에서 100만 부를 판매했으며 1965년에는 250만 부, 1998년에는 900만 부가 팔려 나갔나.
1926년	영어로 쓴 잠언집 《모래와 거품》을 출간했다.
1928년	예수 그리스도에 대해서 쓴 영어 책 《사람의 아들 예수》를 출간했다.
1930년	지브란 생전에 나온 마지막 책 《지상의 신들》을 출간했다.
1931년	4월 10일 뉴욕에서 결핵과 간경화증 악화로 48세의 젊은 나이에 사망했다. 보스턴에서 장례식을 치른 후에 시신이 레바논의 마르 사르키스 수도원 동굴에 안장됐다.
1932년	유작 《방랑자》가 출간됐다.
1934년	《예언자》의 속편인 《예언자의 정원》이 출간됐다.

옮긴이 유정란

미국 로체스터 대학교(University of Rochester) 심리학과를 졸업하고 중앙대학교 대학원 문예창작학과에서 석사 학위를 받았다. 창작 집단 '온사이더'에서 시나리오 집필에 참여한 바 있으며 현재 좋은 책을 발굴하고 번역하는 작업에 매진하고 있다. 주요 역서로는 《첫날의 설렘을 기억하라》《디자이너의 스케치북》《이안 감독의 영화 세계》 등이 있다.

예언자

1판 1쇄 펴낸 날 2025년 10월 15일

지 은 이	칼릴 지브란
옮 긴 이	유정란
펴 낸 이	장영재
펴 낸 곳	(주)미르북컴퍼니
자 회 사	더스토리
전 화	02)3141-4421
팩 스	0505)333-4428
등 록	2012년 3월 16일(제313-2012-81호)
주 소	서울시 마포구 성미산로32길 12, 2층 (우 03983)
E-mail	sanhonjinju@naver.com
카 페	cafe.naver.com/mirbookcompany
SNS	www.instagram.com/mirbooks

* (주)미르북컴퍼니는 독자 여러분의 의견에 항상 귀 기울이고 있습니다.
* 파본은 책을 구입하신 서점에서 교환해 드립니다.
* 책값은 뒤표지에 있습니다.